Fujisaki Ryû

HÔSHIN

- L'INVESTITURE DES DIEUX -

Volume 5

Les quatre ermites de l'île-aux-neuf-dragons

PRINCIPAUX PERSONNAGES

RÉSUMÉ DES ÉPiSODES PRÉCÉDENTS

L'HISTOIRE SE DÉROULE EN CHINE VOICI PLUS DE 3000 ANS, AU XIème SIÈCLE AVANT NOTRE ÈRE, À LA FIN DE LA DYNASTIE YIN. LE JEUNE ROI ZHOU, 30ème SOUVERAIN DE LA DYNASTIE YIN, MODÈLE DE SAGESSE ET FORT HABILE DANS LE MANIEMENT DES ARMES, RÉGNAIT SUR SON PEUPLE EN SOUVERAIN AVISÉ. TOUT LAISSAIT CROIRE QU'IL PORTERAIT À SON PLUS HAUT NIVEAU DE DÉVELOPPEMENT LA DYNASTIE DE SES ANCÊTRES. HÉLAS, DÈS LORS QU'IL PRIT POUR ÉPOUSE LA MAGNIFIQUE DAJI, IL CHANCEA DU TOUT AU TOUT. DAJI ÉTAIT UNE IMMORTELLE HABITÉE DE PULSIONS MALÉFIQUES, SON POUVOIR ÉTAIT IMMENSE. ELLE ENVOÛTA LE ROI ZHOU QUI NE DEVINT PLUS QU'UN PANTIN ENTRE SES MAINS. S'ÉTANT EMPARÉS DE L'AUTORITÉ SUPRÊME, DAJI ET SES ACOLYTES COMMENCÈRENT À EXERCER LEUR TYRANNIE SUR LE PEUPLE. C'EST POUR DÉBARRASSER LE MONDE DES HOMMES DE CES IMMORTELS MAL TOURNÉS ET LES CONFINER DANS "LE DOMAINE DES DIEUX" QUE FUT LANCÉ "LE PLAN HÔSHIN". C'EST TAIGONG-WANG, PREMIER DISCIPLE DU MAÎTRE-CÉLESTE YUANSHI, QUI FUT CHOISI POUR ACCOMPLIR CETTE MISSION. IL PREND LA ROUTE DE XIQI POUR Y RENCONTRER JI CHANG, LE DUC DES PROVINCES DE L'OUEST DÉSIGNÉ PAR LES CIEUX POUR ÊTRE LE PROCHAIN ROI. TAIGONG APPREND ALORS LA NOUVELLE DE LA RÉBELLION DU GRAND-MARÉCHAL, HUANG FEI-HU, QUI A ENFIN RÉALISÉ QUE LE ROI ZHOU EST IRRÉCUPÉRABLE. TAIGONG DÉCIDE DONC DE REJOINDRE LE GRAND-MARÉCHAL POUR LUI PRÊTER MAIN-FORTE CONTRE LES ÉMISSAIRES DE DAJI, MAIS ARRIVERA-T-IL À TEMPS...?

HÔSHIN
- L'INVESTITURE DES DIEUX -

Volume 5
Les quatre ermites de l'île-aux-neuf-dragons

SOMMAIRE

ÉPISODE 34

Les Baobeis des Jin-Ao

WOOOOSH
DES IMMORTELS AU SERVICE DE WEN ZHONG...?
MAÎTRE... LES OBJETS QU'ILS PORTENT, VOUS CROYEZ QUE CE SONT DES BAOBEIS ?
FLIP
ILS ONT DE DRÔLES DE FORMES... JE ME DEMANDE COMMENT ILS S'EN SERVENT...

JE NE SAIS PAS NON PLUS. LES MÉTHODES DES ÎLES JIN-AO SONT DIFFÉRENTES DE CELLES DES MONTS KUNLUN...
TIANHUA ! J'AI QUELQUE CHOSE À TE CONFIER...
PSTT
PSTT
?
VOICI UNE ARME SECRÈTE. UTILISE-LA SI ÇA TOURNE MAL.
BLA BLA
QU'EST-CE QUE VOUS MIJOTEZ TOUS LES DEUX ?
DE QUELLE ARME SECRÈTE S'AGIT-IL, MAÎTRE ? MOI AUSSI, JE VEUX ÊTRE AU COURANT !
HM HM
BLA BLA BLI BLA BLA BLA !
JE COMPTE DONC SUR TOI POUR VENIR À NOTRE AIDE SI NOUS SOMMES EN DIFFICULTÉ !
AVEC CE TRUC-LÀ ? VOUS ÊTES SÛR QUE ÇA IRA ?
NE TE FAIS PAS DE BILE ! C'EST DU SOLIDE, MADE IN LE MONDE CÉLESTE !
HUM...

MARÉ-CHAL HUANG !
JE N'ARRIVE TOUJOURS PAS À CROIRE QUE VOUS AYEZ TRAHI ZHAOGE.
WOOM
J'ÉTAIS TELLEMENT CONVAINCU QUE, TOUT COMME WEN ZHONG, VOUS RESTERIEZ FIDÈLE AU ROI JUSQU'AU BOUT...
ZHANG GUIFANG ...
VOUS CONNAISSEZ CES DEUX TYPES, MARÉCHAL HUANG ?
OUI. CE SONT LES OFFICIERS EN CHARGE DE LA MARCHE DE QUINGLONG.
ZHAOGE
CITADELLE DE MINCHI
JIAMENG
LINTONG
QUINGLONG
XIQI
IL EXISTE TROIS CHEMINS DIFFÉRENTS QUI RELIENT ZHAOGE ET XIQI. LA MARCHE DE QUINGLONG SE SITUE SUR L'UN D'EUX.
IL Y A BEAUCOUP D'OFFICIERS YIN COMME EUX : DES TAOÏSTES QUI ADMIRENT WEN ZHONG ET AGISSENT SUR SES ORDRES.
CES DEUX-LÀ SONT PARMI LES PLUS FAMEUX, MÊME SI J'IGNORE QUELS SONT EXACTEMENT LEURS POUVOIRS...

MAIS POUR QUE WEN ZHONG ENVOIE DE TELS HOMMES À MES TROUSSES...
...C'EST QU'IL EST RÉELLEMENT DÉCIDÉ À ME TUER. C'EST BIEN LUI, ÇA !
HUM... VOUS NE POUVEZ DONC PAS ME RENSEIGNER SUR LEURS BAOBEIS...
BON ! JE VAIS ALLER VOIR CE QU'ILS VALENT.
FWIIP
MA BADINE DIVINICIDE RÉCLAME DE L'ACTION !
QUE GRONDE LE TONNERRE ! ET QUE BOUILLONNE LE MAGMA !!
KAAAAW
VOICI TAIGONG-WANG, LE BARON DES ENFERS !!
WHAA HAA HA HA HAA HA HA !!
TADADA
MON PAUVRE MAÎTRE A PERDU LA TÊTE...
FWUP

RESTE OÙ TU ES, TAIGONG-WANG !!
AH !
GLOUPS !
FWOOSH !
POURQUOI S'ARRÊTE-T-IL ?
QU'EST-CE QUE...?
MON CORPS EST PARALYSÉ !
À TOI, FENG-LIN !
OK !

BAON!!
CHI !
CRUMB
SKRAPSKRAPSKR
GNA
GN
!!
巨大化
*AGRANDISSEMENT
QUE... QU'EST-CE QUE C'EST QUE CETTE BOULE ?!
AH!
ELLE A AVALÉ MON MAÎTRE !!
WOOOOOO...
STAK

QUELLE VICTOIRE DÉCONCERTANTE, MAÎTRE TAIGONG !
NOUS N'IMAGINIONS PAS QU'IL SERAIT SI FACILE DE TE CAPTURER À L'AIDE DE NOS BAOBEIS : "LA PERLE ÉCARLATE" ET "LA CORNE DE COMMANDEMENT".
JE COMPRENDS... IL SUFFIT DE PRONONCER UN NOM DANS CE DRÔLE DE PORTE-VOIX POUR QUE LA PERSONNE CONCERNÉE SE RETROUVE IMMÉDIATEMENT PARALYSÉE...
C'EST UN BAOBEI QUI TRANSFORME LA VOIX EN ONDES SONORES INTERFÉRANT AVEC LES ONDES CÉRÉBRALES ET PROVOQUANT DES TROUBLES DANS LE SYSTÈME NERVEUX...
PAR CONTRE, IL A VRAIMENT UNE SALE ALLURE !! HA HA HA HA HA !
GRRRR
...
POURQUOI N'ES-TU PAS À XIQI ?
ASSIÉGER XIQI...?
DIRE QU'APRÈS AVOIR NEUTRALISÉ LE MARÉCHAL HUANG ET LES MEMBRES DE SA FAMILLE, NOUS AVIONS CONVENU D'ALLER ASSIÉGER XIQI...
C'EST LÀ-BAS QUE NOUS COMPTIONS T'AFFRONTER.

LE GRAND WEN ZHONG ESTIME QUE CETTE PROVINCE REPRÉSENTE UNE MENACE POUR LA DYNASTIE YIN.
C'EST BIEN ÇA. XIQI EST DEVENUE TROP PUISSANTE.
HOLÀ, VOUS DEUX !
RELÂCHEZ MON MAÎTRE IMMÉDIATEMENT !!
SI VOUS NE LE LIBÉREZ PAS, VOUS AUREZ AFFAIRE À MOI ! GARE À VOUS !!
...
COMMENT ELLE S'APPELLE DÉJÀ, CETTE BESTIOLE ?
JE CROIS QUE C'EST "SOUPE BAITANG", OU QUELQUE CHOSE COMME ÇA...
IL S'APPELLE SIBU-XIANG.
AH ! VOILÀ ! C'EST ÇA !
ON NE BOUGE PLUS, SIBU-XIANG !!
GLOOP
AARGH !!

MAÎTRE...
...VOUS ÊTES STUPIDE OU QUOI ?! POURQUOI LEUR AVOIR RÉVÉLÉ MON NOM ?!
HA HA HA ! JE NE VOULAIS PAS ÊTRE LE SEUL À ÊTRE PRISONNIER !
FWYSH!
BON, IL NE RESTE PLUS QU'À S'OCCUPER DES AUTRES. ÇA NE DEVRAIT PAS ÊTRE TRÈS COMPLIQUÉ.
SMILE!
ILS ONT L'AIR DE S'EXCITER, MAIS JE NE PARVIENS PAS À ENTENDRE CE QU'ILS DISENT.
LEURS VOIX SONT TROP FAIBLES

HUANG FEIHU ! TIANLU ! TIANJUE ! TIANXIA ! FEIBIA ! FEIBA ! TIANHUA ! ZHOUJI ! HUANG-MING ! WUQIAN ! LONG-HUAN !!
NE BOUGEZ PLUS !!
GASP!
...
NAAAANNN !! C'EST IMPOSSIBLE !! ON NE PEUT PAS SE FAIRE BATTRE SI BÊTEMENT !!

ET VOILÀ ...
...ON LES TIENT TOUS.
POW !
HUM ?!
C'EST QUI CELUI-LÀ ?
TANT QU'ON Y EST, ATTRAPONS-LE AUSSI !!
FWYOU
WHAAAA !! WHAAA !!
TADA !
TADATADA
C'EST COMME ÇA QUE SE BATTENT LES IMMORTELS, HEIN, MAÎTRE ?
...
YAAAAH
CLAP CLAP !
IL COURT VITE, CE GAMIN...
IL ME SUFFIRAIT DE CONNAÎTRE SON NOM POUR L'ARRÊTER.
ALLEZ ! DIS-LE-MOI, MAÎTRE TAIGONG-WANG !
TU RÊVES ! JE NE VAIS PAS TE FILER UN TUYAU À CHAQUE FOIS !
ALORS JE T'ÉCRASE !
GYAAAHH !! D'ACCORD ! D'ACCORD ! JE VAIS TE LE DIRE !

C'EST L'INSPECTEUR EBARA, SPÉCIALISTE DES SOURCES THERMALES À BAIN MIXTE...
FWAP
TU AS ENTENDU, GUIFANG ? L'INSPECTEUR EBARA, SPÉCIALISTE DES SOURCES THERMALES À BAIN MIXTE !
EBARA !
INSPECTEUR EBARA, SPÉCIALISTE DES SOURCES THERMALES À BAIN MIXTE !! PLUS UN GESTE !!
GYAA HA HA HA HA HA HA HA HA !!
JE VAIS T PIÉTINE POUR DE BO CETTE FOIS
GYAAHH !!
DU CALME, FENG-LIN ! IL NE FAUT PAS MARCHER DANS SON JEU !
QUELLE HONTE DE M'ÊTRE FAIT AVOIR...
N'OUBLIONS PAS QUE TAIGONG-WANG EST CONNU POUR ÊTRE LE PIRE PITRE PARMI TOUS LES IMMORTELS !
D'ACCORD, C'EST NOTÉ. DANS CE CAS, IL NE RESTE QU'À UTILISER UNE DEUXIÈME "PERLE ÉCARLATE"...
KLAP!

BAW
IL NE POURRA PAS ÉCHAPPER À UNE PRISE EN SANDWICH !!
DA
WHUP !
DA
!!
HÉ HÉ ! 'FAUDRAIT PAS M'OUBLIER, LES AMIS !
MAÎTRE TIANHUA !!
KWID
HÉ HÉ ! C'ÉTAIT TRÈS INGÉNIEUX, MAÎTRE TAIGONG !
ÉCOUTE-MOI BIEN, TIANHUA ! CE DRÔLE DE PORTE-VOIX EST PROBABLEMENT UN BAOBEI QUI ÉMET DES ONDES SONORES.
VOICI UNE ARME SECRÈTE. UTILISE-LA SI TU VOIS QUE ÇA TOURNE MAL.

TADAM
CE SONT DES BOULES QUIES ULTRA-ISOLANTES QUE J'UTILISAIS POUR ROUPILLER AU LIEU DE MÉDITER, LORS DE MON APPRENTISSAGE DANS LES KUNLUN.
JE VOIS : GRÂCE À ELLES, JE N'ENTENDRAI PAS LE SON DU PORTE-VOIX.
TADAM
MAIS ME VOILÀ BIEN AVANCÉ...
...JE NE PEUX PAS LEVER LE PETIT DOIGT CONTRE EUX, MAINTENANT QU'ILS ONT PRIS TOUT LE MONDE EN OTAGE !
NE PERDONS PAS DE TEMPS AVEC CES DEUX-LÀ.
NOTRE MISSION ÉTAIT DE CAPTURER LE GRAND-MARÉCHAL, PUIS DE LANCER L'ASSAUT SUR XIQI.
GYAAAA
METTONS-NOUS EN ROUTE SANS PLUS TARDER.
HUM ?
SHWAAAA
QUELQU'UN SE RAPPROCHE PAR LA VOIE DES AIRS...

QUOI ?!

WOOSH
'VA Y AVOIR DE LA CASSE !!

封神演義

Épisode 35 L'arrivée de Nazha

ÉPISODE 35

L'arrivée de Nazha

MAÎTRE ! NAZHA EST VENU POUR NOUS SAUVER !!
HMM
NAZHA...
...VOILÀ UN NOM QUE JE N'OUBLIERAI PAS.
ALLONS BON... ON DIRAIT QU'IL A DE NOUVEAUX BAOBEIS EN OPTION...
WOOOOO...
IL POSSÈDE UNE PUISSANCE PHÉNOMÉNALE.
MAIS MAINTENANT QUE JE SAIS COMMENT IL S'APPELLE, CE SERA UN JEU D'ENFANT DE LE NEUTRALISER !
NE BOUGE PLUS, NAZHA !!
SHHOMM!

?
ÇA T'AMUSE DE HURLER MON NOM ?
QUOI ?!
WOW !!

MAIS BIEN SÛR ! NAZHA EST NÉ D'UNE FLEUR DE LOTUS !!
IL N'A PAS DE SYSTÈME NERVEUX ET, PAR CONSÉQUENT, IL EST TOTALEMENT INSENSIBLE AU POUVOIR DE LA CORNE DE COMMANDEMENT !
ZAM!
...
MA CORNE EST INEFFICACE...
PAS DE PANIQUE, GUIFANG ! JE M'OCCUPE DE LUI !!
CHI !
!
QU'EST-CE QUE C'EST...?

!
SHPAK
ALLONS BON !
AAHH !!
NAZHA ! PAUVRE IDIOT !
GYAAAA GYAAAA
POURQUOI T'ES-TU LAISSÉ PRENDRE ?!
LA FERME.
FAITES-MOI SORTIR DE LÀ !
J'AI HORREUR DE ME FAIRE ENFERMER. JE VAIS RÉDUIRE CE BAOBEI EN MIETTES.
MEURS !
STAK
!

!!
NOUS... AVONS FAILLI... MAÎTRE WEN ZHONG...
WHOOOOSH
C'EST... IMPOS-SIBLE...
FENG-LIN !!
GYAAH
KA
PWOP
BA

BA
OH !
FORTICHE, LE GAMIN !
BLOM !
BRISER DE L'INTÉRIEUR LA PAROI DE CETTE BOULE N'EST PAS DONNÉ À TOUT LE MONDE...
DASH

OOOHH !!
OH ! NON ! LE MUR D'ENCEINTE DE LA MARCHE VA NOUS TOMBER DESSUS !
NAZHA ! TIRE-NOUS DE LÀ ! VITE !!
ET PUIS QUOI ENCORE ?
DES MAUVIETTES QUI SE LAISSENT PRENDRE À UN BAOBEI SI MINABLE NE MÉRITENT PAS DE VIVRE !
SANS-CŒUR !
GYAAHH !! ON VA SE FAIRE APLATIR !!

WUJI !!
WAM
MAÎTRE ! VOUS N'ÊTES PAS BLESSÉ ?!
NON ! GRÂCE À TOI !
PARFAIT ! ACCROCHEZ-VOUS !!
DZIIIIUM
AÏE !
OUCH !

EH BEN...
...WUJI SE DÉBROUILLE ENCORE MIEUX QUE JE NE L'AURAIS CRU !
BADAWAA
TAP!
FWIP!
...
IL ME SUFFIRAIT DE TROUVER CE POINT VULNÉRABLE POUR LE VAINCRE !
SHBAAAM!
SHWOOSH
J'AI ENTENDU PARLER DE CE GARÇON... C'EST "L'ÊTRE-BAOBEI"...
IL DOIT BIEN Y AVOIR UN "NOYAU" QUELQUE PART DANS SON CORPS.

QU...
QUOI ?!

HELLO ! MOI, C'EST TIANHUA !
HEUREUX DE FAIRE TA CONNAIS-SANCE, NAZHA !
DE QUOI TU TE MÊLES, TOI ?!
...
SLASH
OH !!
POF !
GÉNIAL ! J'AI RETROUVÉ MA TAILLE NORMALE !
WOP
VOUS ME DÉCEVEZ, MAÎTRE TAIGONG... VOUS N'ÊTES D'AUCUN SECOURS, EN DÉFINITIVE.
IL N'Y A QUE VOS BOULES QUIES QUI ONT SERVI À QUELQUE CHOSE.
OH ! ÇA VA, HEIN ! LAISSE-MOI SOUFFLER !

REGARDE PLUTÔT ÇA... QUEL RAVAGE !
LES HABITANTS DE LA MARCHE DE LINTONG DOIVENT ÊTRE COMPLÈTEMENT AFFOLÉS.
BRM BRM
QUE SE PASSE-T-IL ?!
BRMM BRMM BRMM BRMM
...
HÉ !
T'AS PAS ENCORE FINI ?

SHBOOM !
SACRÉ NAZHA ! IL N'Y EST PAS ALLÉ DE MAIN MORTE !
DE QUOI PARLE-T-IL ?
HMM ...
IL VEUT SE BATTRE CONTRE MOI PARCE QU'IL N'EST PAS CONTENT QUE JE SOIS INTERVENU DANS SON COMBAT.
MAIS JE LUI AI DEMANDÉ DE PATIENTER LE TEMPS QUE JE VOUS LIBÈRE, VOUS ET MON PÈRE.
JE SUIS PRÊT, MAINTENANT !
SHWOOOOSH !
QUAND TU VEUX, BAOBEI AMBULANT !

KLANG!
WOOSH
SHBAM
SHBAM
HMM...
...ÇA NE VA PAS ÊTRE SIMPLE DE LES ACCOMMODER, CES DEUX-LÀ...
SHBAM

BOM
ATTEN-DEZ !
TAP TAP TAP TAP
TAP TAP TAP TAP
FRÈRE TIANHUA !!
TAP TAP
!
TAPTAPTAPTAP
TIANXIA !
NE RESTE PAS ICI ! C'EST DANGEREUX
JUSTEMENT ! JE NE VEUX PAS QU'IL T'ARRIVE QUELQUE CHOSE !
NOTRE DÉFUNTE MÈRE EN SERAIT FORT ATTRISTÉE, ELLE AUSSI !!

HMMMM
FWIP
COMMENT... ?
VOTRE MÈRE EST MORTE ?
OU... OUI...
SNIF !
...
EH BIEN POUR CETTE FOIS, J'ACCEPTE D'ÉPARGNER TON FRÈRE PAR ÉGARD POUR VOTRE MÈRE.
QUOI ?! C'EST VRAI ?!
YOUPI !
...
MERCI ! MERCI BEAUCOUP, FRÈRE NAZHA !!
ZOOOOM
NAZHA !!
YOUPI ! YOUPI
TU ES SI FORT ! JE SUIS ÉPATÉ !
APPRENDS-MOI L'ART DES ARMES ! JE T'EN PRIE !
JE POURRAI AINSI SERVIR MON MAÎTRE !

...
YOUPI
YOUPI
...
VOUS AVEZ VU ÇA ? MÊME NAZHA LE SANS-COEUR NE PEUT PAS RÉSISTER FACE À TIANXIA ET WUJI !
MOUAIS...
ILS VIVENT MAL L'ABSENCE DE LEURS MÈRES, CES TROIS-LÀ.
ENFIN BON... JE SUIS CONTENT QU'ILS S'ENTENDENT BIEN, MAIS...
...IL EST ENCORE TROP TÔT POUR SE RÉJOUIR, MON VIEUX SIBU ! JE SUIS BIEN CERTAIN QUE WEN ZHONG NE TARDERA PAS À ENVOYER DE NOUVEAUX ÉMISSAIRES POUR NOUS ARRÊTER !
IL FAUT NOUS TENIR SUR NOS GARDES, SANS QUOI NOUS NE REJOINDRONS JAMAIS XIQI EN VIE !

封神演義

QUELQUES JOURS PLUS TÔT, ARCHIPEL DES ÎLES JIN-AO
ZWAAAM
Épisode 36
Taigong-Wang suspecté de couardise
L'ÎLE-AUX-NEUF-DRAGONS

C'EST VOUS QUE MAÎTRE WEN ZHONG A CHOISI POUR CETTE MISSION.
ACCEPTEZ-VOUS DE LE SERVIR, CHERS ERMITES ?
SHOOOOM!
VOICI DONC DE QUOI IL RETOURNE.
NE SOIS PAS RIDICULE, HEQILIN !

ÉPISODE 36

Taigong-Wang suspecté de couardise

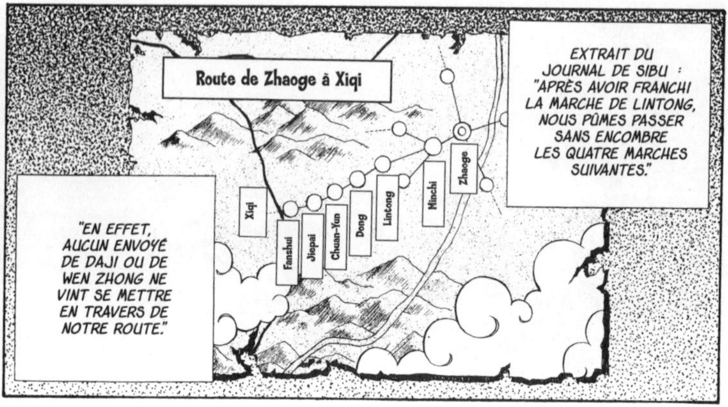
Route de Zhaoge à Xiqi
Xiqi
Fanshui
Jiepai
Chuan-Yun
Dong
Lintong
Minchi
Zhaoge
EXTRAIT DU JOURNAL DE SIBU : "APRÈS AVOIR FRANCHI LA MARCHE DE LINTONG, NOUS PÛMES PASSER SANS ENCOMBRE LES QUATRE MARCHES SUIVANTES."
"EN EFFET, AUCUN ENVOYÉ DE DAJI OU DE WEN ZHONG NE VINT SE METTRE EN TRAVERS DE NOTRE ROUTE."

WHUMMMM
"À CE RYTHME, NOUS NE TARDERONS PAS À RALLIER XIQI ! LE DUC JI CHANG NOUS Y ATTEND !"

PARFAIT ! NOUS AVONS PU FRANCHIR LA DERNIÈRE MARCHE SANS ACCROC !
C'EST COMME SI NOUS Y ÉTIONS !
VOUS ÊTES TROP OPTIMISTES, MES AMIS !
ZWISH
?!
DAJI NOUS LAISSERA PROBABLEMENT TRANQUILLES POUR LE MOMENT, MAIS WEN ZHONG NE VA CERTAINEMENT PAS TARDER À SE MANIFESTER.
JE NE SERAIS PAS SURPRIS QU'IL NOUS AIT PRÉPARÉ UNE PETITE EMBUSCADE TOUT PRÈS D'ICI.
COMMEN ?!
WHAAM
WOOOOSH

ZAAAAAM
BALIVERNES ! IL N'Y A PERSONNE EN VUE !
CESSEZ DE NOUS EFFRAYER SANS RAISON, MAÎTRE TAIGONG !
WHOOSH
MAÎTRE ! JE PARS EN ÉCLAIREUR !
QUEL BRAVE PETIT, CE WUJI !
CE GARÇON SEMBLE PRÊTER FOI AUX DIVAGATIONS DE SON MAÎTRE.
...
WHOOM
DITES DONC, MAÎTRE TAIGONG... VOUS VOUS COMPORTEZ TOUJOURS COMME SI VOUS ÉTIEZ LE PLUS FORT ET LE PLUS RUSÉ...
...MAIS QU'EN EST-IL RÉELLEMENT ?

GLOUPS
WAM
GLOUPS
WHUM
GYAA HA HA HA HA HA HA !!
C'EST TIANXIA ?
YOUPI
IL EST MONTÉ SUR LE DOS DE NAZHA !
IL EST VRAIMENT INCROYABLE, CE NAZHA !
EN EFFET ! DE MA VIE, JE N'AI JAMAIS VU UN ÊTRE AUSSI PUISSANT !

À LA MARCHE DE LINTONG, VOUS VOUS ÊTES FAIT EMPRISONNER EN MOINS DE DEUX...
ET MOI, JE ME SOUVIENS QU'À ZHAOGE AUSSI VOUS ÉTIEZ EN MAUVAISE POSTURE...
MAIS QUANT À VOUS, MAÎTRE TAIGONG... PERSONNE ICI NE VOUS A VU RÉALISER LA MOINDRE ACTION D'ÉCLAT...
...IL SERAIT TEMPS DE FAIRE QUELQUE CHOSE POUR NOUS PROUVER À TOUS VOTRE VALEUR !!
ÉCOUTEZ-MOI ! MON MAÎTRE N'EST CERTES PAS TRÈS FORT, MAIS IL SORT VICTORIEUX DE TOUTES LES BATAILLES... OU PRESQUE !
GRÂCE À DES ENTOURLOUPES INIMAGINABLES !
PEUT-ÊTRE QUE C'EST VOTRE SPÉCIALITÉ DE VOUS FAIRE CAPTURER ?!
HMM...

BON ! C'EST L'HEURE DE DÉJEUNER !
FWOOSH
HUM... IL FAUT FAIRE QUELQUE CHOSE... IL EN VA DE MON AUTORITÉ !
SHKRRRRRRRM
HUM ?
WOOOOSH
WOW...

IL NE FAUT PAS VOUS LAISSER ABATTRE, MAÎTRE !!
MOI JE VOUS AI VU REMPORTER PLEIN DE BATAILLES !
RASSURE-TOI, SIBU ! JE NE M'EN FAIS PAS DU TOUT POUR ÇA !
PAR CONTRE, JE CRAINS QUE DES SUSPICIONS DE CE GENRE JETÉES SUR MOI NE FRAGILISENT LA COHÉSION DU GROUPE.
MAÎTRE TAIGONG !
WHUP
OH ! GRAND-MARÉCHAL !
BLOM !
CE QUE TU NOUS AS DIT TOUT À L'HEURE EST-IL VRAI ?
FWAP
FWAP
ÉVIDEM-MENT !

SI J'ÉTAIS À LA PLACE DE WEN ZHONG, C'EST ICI QUE J'ATTAQUERAIS !
JUSTE AVANT QUE NOUS N'ARRIVIONS À XIQI !
NOUS VAINCRE ICI LUI PERMETTRAIT DE COMPLÈTEMENT DÉSTABILISER LES HABITANTS DE XIQI ET DE LEUR ÔTER TOUTE ENVIE DE RÉBELLION !
MAÎTRE TAIGONG... JE CONSTATE QUE TU POSSÈDES UN DON PEU COMMUN POUR OBSERVER ET ANALYSER LES CHOSES DANS LEUR ENSEMBLE.
IL N'Y A QUE TOI QUI ES CAPABLE DE LIRE À L'AVANCE LES PLANS DE DAJI ET DE WEN ZHONG !
NE TE TRACASSE DONC PAS POUR CE QU'ON A D TOUT À L'HEURE
BAM
C'EST NORMAL QU'UN CHEF SE FASSE CRITIQUER PAR SES SUBORDONNÉS !! C'EST TOUJOURS COMME ÇA !
BEURP
TADADADAM
MOINS FORT, LES CLAQUES DANS LE DOS...

MAÎÎÎÎÎTREE !!
MAÎÎÎÎÎTREE !!
TADA
DA
!!!
BAW
WAM
SHKA
PAM
VOUS AVIEZ RAISON, MAÎTRE !!
J'AI APERÇU UN GROUPE DE 4 TYPES LOUCHES !!
!
DANS QUELLE DIRECTION ?
HM !
PAR LÀ-BAS !
BRRAMM

BRMMMM
OH...
SHA !!!
SHASHA
SHASHASHASHA
UN TSUNAMI !!
C'EST IMPOSSIBLE !! NOUS SOMMES DANS UNE ZONE MONTAGNEUSE !!
BRMMMMM

BRMMMMM
LA VACHE ! ILS SE SONT TOUS FAIT ENGLOUTIR PAR LA DÉFERLANTE !!
SHPLASH
J'Y VAIS ! JE VAIS LES TIRER DE LÀ !!
AH OUAIS ? ET COMMENT COMPTES-TU T'Y PRENDRE POUR LES SORTIR DE CE TORRENT ?
NE VOUS INQUIÉTEZ PAS ! J'AI MON BREVET DE SAUVETEUR !!
WASH
SPLASH
SPLASH SHPLASH
...
IL NAGE COMME UN SAUMON... QUEL ATHLÈTE !

...
POURVU QU'ILS SOIENT ENCORE EN VIE !
IL FAUT FAIRE QUELQUE CHOSE, NAZHA !
...
C'EST CERTAINEMENT ...
...UN BAOBEI QUI EST À L'ORIGINE DE CETTE VAGUE GIGANTESQUE.
BRMMMM
AH !
SHOOM

PEUH
!

QUELQUES-UNS ONT ÉCHAPPÉ À NOTRE VAGUE, DIRAIT-ON.
...
KSHA
JE SENS QUE JE VAIS M'AMUSER AVEC CEUX-LÀ...
NAZHA ! ATTENDS !
WISH
!
JE M'EN OCCUPE, CETTE FOIS !

DÉGAGE ! ILS SONT POUR MOI !
AH! AH! AH! AH!
AH OUI ? TU VEUX PEUT-ÊTRE TE BATTRE EN PORTANT TIANXIA SUR TON DOS ?
...
ALLEZ ! LAISSE-MOI FAIRE !
C'EST L'OCCASION DE LEUR MONTRER DE QUOI JE SUIS CAPABLE UNE BONNE FOIS POUR TOUTES !
EN PLUS, TOUT LE MONDE M'OBSERVE...
ÇA Y EST, MAÎTRE ! J'AI REPÊCHÉ TOUT LE MONDE !

ZHAOGE; LA CAPITALE
LES QUATRE ERMITES SONT REDOUTABLES.
C'EST ICI QUE TA ROUTE S'ARRÊTE, FEI-HU.
4 ...
TU VAS APPRENDRE CE QU'IL EN COÛTE DE ME TRAHIR !

封神演義

Épisode 37 Le passé des ermites

Le passé des ermites

C'EST UN HONNEUR DE T'AFFRONTER, TAIGONG WANG ! TU ES L'UN DES MEILLEURS ÉLÉMENTS DES MONTS KUNLUN !

ÉPISODE 37

LES QUATRE ERMITES DE L'ÎLE-AUX-NEUF-DRAGONS ?!
TU LES CONNAIS, P'PA ?
OUI.
C'EST WEN ZHONG QUI M'A PARLÉ D'EUX.
SPLASH
LES QUATRE ERMITES ÉTAIENT SES ALLIÉS LORSQU'IL A COMBATTU DAJI AUTREFOIS...
!
MOI-MÊME, JE N'AI PAS CONNU CES ÉVÉNEMENTS : ILS SE SONT DÉROULÉS UNE DIZAINE D'ANNÉES AVANT MA NAISSANCE.
Zhaoge, une soixantaine d'années auparavant, sous le règne du roi Taizheng.

SHAAA
BRLLM
TE VOILÀ PIÉGÉE, MAUDITE RENARDE !!
TU AS TROP MANIPULÉ LE ROI TAIZHENG COMME ÇA !
EN AUCUN CAS JE NE TE LAISSERAI ANÉANTIR LA DYNASTIE YIN !

TOUJOURS AUSSI DÉTERMINÉ, MON CHER WEN ZHONG. ♡
ET TES PETITS AMIS SONT TRÈS PUISSANTS, DIS DONC.. ♡
BRMMM
BIEN SÛR !
JE NE SUIS PAS IMBU DE MA PERSONNE AU POINT DE PRÉTENDRE POUVOIR LUTTER SEUL CONTRE UNE ADVERSAIRE DE TA TREMPE !
ET PUIS, TOI AUSSI TU POSSÈDES DE PUISSANTES ALLIÉES : TES SŒURS SONT LÀ POUR T'AIDER.
...
À PROPOS, OÙ SONT XIMEI ET WANG GUIREN...?
LES ERMITES SE SONT OCCUPÉS D'ELLES. À L'HEURE QU'IL EST, ELLES SONT À L'AGONIE.
HUUUU...
GRRRRRR
BRMMM
PARDONNEZ-MOI, C'EST DE MA FAUTE... JE NE SUIS PAS ASSEZ FORTE...!
XIMEI... GUIREN...

NE TE CULPABILISE PAS. TU EN AS DÉJÀ ASSEZ FAIT COMME ÇA EN SEMANT LE TROUBLE DANS LE PAYS ENTIER.
JE VAIS PUNIR TON AUDACE EN T'ASSÉNANT MOI-MÊME LE COUP DE GRÂCE !
PAS ENCORE, WEN ZHONG.
IL EST TROP TÔT POUR QUE JE MEURE.
JE N'AI PAS ENCORE ACCOMPLI MA MISSION ICI.
ASSEZ ! TU ES COINCÉE ! C'EST LA FIN !!

!!
LE FOUET L'A TRAVERSÉE !!
AH !
À LA PROCHAINE... ♡

DISPARUE...
BRMMM
...MAIS ELLE SEMBLE DÉCIDÉE À REVENIR UN JOUR...
HUM
ELLE A RÉUSSI À NOUS ÉCHAPPER...
SOIT ! JE SUIS PRÊT À L'AFFRONTER AUTANT DE FOIS QU'IL LE FAUDRA !
MAUDITE RENARDE !!
LES CORPS DE XIMEI ET DE GUIREN AVAIENT DISPARU EUX AUSSI.
SANS DOUTE EST-CE DAJI QUI LES AVAIT EMPORTÉS.
MAIS TOUJOURS EST-IL QUE WEN ZHONG ET LES QUATRE ERMITES AVAIENT RÉUSSI À METTRE LES TROIS SOEURS DÉMONES EN DÉROUTE. LEUR EXPLOIT FUT CÉLÉBRÉ JUSQUE DANS LE DOMAINE CÉLESTE.

EH BEN !
CE SONT DONC EUX QUI ONT ÉPAULÉ LE GÉNÉRAL WEN LORS DE SON COMBAT CONTRE DAJI...
Z'ONT PAS L'AIR DE PLAISANTER !
EN EFFET...
...ILS SONT CARRÉMENT PLUS REDOUTABLES QUE CEUX QUE NOUS AVONS RENCONTRÉS JUSQU'À PRÉSENT.
PRENDS BIEN GARDE À TOI, MAÎTRE TAIGONG !
SHOOOOOON
LES QUATRE ERMITES DE L'ÎLE-AUX-NEUF-DRAGONS...
...J'AI ENTENDU PARLER D'EUX... DES COMBATTANTS HORS PAIR, DOTÉS D'UNE PUISSANCE D'ATTAQUE INCOMMENSURABLE...

AH !
HYAA
UUURGHH !!
HURG!
HUMPFF...
HÉ ! UNE MINUTE
ON N'A PAS ENCORE DONNÉ LE SIGNAL DE DÉPART !!
ATTENDS, JE TE DIS !!

RÉVEILLE-TOI, TAIGONG WANG ! IL N'Y A PAS DE RÉPIT DANS UN COMBAT À LA VIE, À LA MORT !
FWOOSH
C'EST À SE DEMANDER COMMENT TU AS PU SURVIVRE JUSQU'À AUJOURD'HUI !
AVOUE QUE LES POUVOIRS DE LA "SPHÈRE DU CHAOS ORIGINEL" T'ONT SURPRIS !
CE FABULEUX BAOBEI ME PERMET DE CONTRÔLER L'EAU SELON MA VOLONTÉ.
UNE AUTRE SPHÈRE FLOTTE DANS LES EAUX DE L'ARCHIPEL DES ÎLES JIN-AO.
SHASH
LA SECONDE SPHÈRE
LES DEUX AGISSENT EN INTERACTION PAR-DELÀ L'ESPACE QUI LES SÉPARE, SI BIEN QU'IL M'EST POSSIBLE DE FAIRE JAILLIR DE L'EAU DE MER MÊME ICI !
OK ! D'ACCORD ! MAIS ÉCOUTE-MOI DEUX SECONDES !
JE SAIS QUE PAR LE PASSÉ VOUS AVEZ LUTTÉ CONTRE DAJI.
ELLE EST AUSSI MON ENNEMIE ! ALORS POURQUOI NE PAS NOUS ALLIER ?! ENSEMBLE, NOUS POURRIONS LA VAINCRE !
HÉLAS ! NOUS NE POUVONS NOUS ALLIER AVEC TOI PUISQUE TU ES L'ENNEMI DU GÉNÉRAL WEN ZHONG.
SHOOSH
C'EST LA RAISON DE NOTRE AFFRONTEMENT !

ET PUIS...
...C'EST UN VRAI PLAISIR !
IL Y A FORT LONGTEMPS QUE JE N'AI PAS EU L'OCCASION DE ME DÉFOULER !
DOMMAGE !
MAIS AU MOINS J'AURAI ESSAYÉ !
YOUQIAN A L'AIR DE BIEN S'AMUSER, LE VEINARD !
MOI AUSSI J'AI HÂTE DE ME BATTRE !
CETTE FOIS, MAÎTRE TAIGONG VA Y RESTER !
LA VACHE !
ÇA NE DEVRAIT PAS ÊTRE AUTORISÉ, UN BAOBEI PAREIL !!
JE N'AI MÊME PAS LE TEMPS DE TENTER UNE RIPOSTE...

NOUS N'AVONS AUCUNE CHANCE EN COMBAT RAPPROCHE !
SIBU ! DÉPLACE-TOI SELON MES INSTRUCTIONS !
OK, MAÎTRE !!
EN HAUT !
OK !
DIAGONALE ARRIÈRE-GAUCHE !
WOOSH
OK !
45° VERS LE HAUT ! GAUCHE ! COSINUS 60 ! SUD-SUD-EST !!
HEU ?
HEIN ?
EUH... OK...
HAUT-HAUT-BAS-BAS-GAUCHE-DROITE-GAUCHE-DROITE + BOUTON B !
WAH
SHBA
MAÎTRE !! JE NE COMPRENDS PLUS RIEN !!

!
ÇA Y EST ! NOUS NOUS EN SOMMES SORTIS !
J'AI BIEN PEUR QUE CE SOIT PEINE PERDUE !
!
NAPPE AQUEUSE !!
AH !!

MAIIIIITRE !!
QUELLE HORREUR !!
EAU
GYAAA
SPLASH
MON PAUVRE MAÎTRE S'EST FAIT APLATIR PAR UNE TROMBE D'EAU ! IL DOIT ÊTRE EN PIÈCES !!
LA SCÈNE VUE PAR WUJI
TU ES SÛR D'AVOIR BIEN VU, WUJI ?
BIEN SÛR ! MES YEUX NE ME TROMPENT JAMAIS ! J'AI 10/10 À CHAQUE OEIL !!
C'EST TERRIBLE !
MAÎTRE TAI-GONG...
SPLASH
HÉ HÉ HÉ HÉ HÉ !
UN DE MOINS !
À QUI LE TOUR, MAINTE-NANT ?
TOI, PEUT-ÊTRE ?

CELUI-CI, IL VAUT MIEUX NE PAS LE SOUS-ESTIMER.
LA VERMINE NE SE LAISSE PAS EXTERMINER SI FACILEMENT.
SHAM
FWOOOSH
QUOI ?!
!!
HÉ HÉ HÉ...
STOC!

HA HA HA HA HA HA !!
SHAAN
NOUS AVONS RÉUSSI À NOUS APPROCHER !
MAÎTRE !!
...
FTAP!
ENCORE EN VIE...? COMMENT EST-CE POSSIBLE ?!
TU AS LOUPÉ TON COUP !
AH AH AH AH
EAU
J'AI PU ÉVITER TA GERBE D'EAU EN M'ENFUYANT PAR LA VOIE SOUS-MARINE !
SOIT... J'AI COMMIS UNE ERREUR...
BON ! LES CHOSES SÉRIEUSES VONT POUVOIR COMMENCER !
FWAP!
MAINTENANT, JE SUIS TROP PRÈS POUR QUE TU PUISSES UTILISER TON ATTAQUE SANS RISQUER DE TE BLESSER TOI-MÊME !
HUM ! UN COMBAT RAPPRO-CHÉ ?
TU T'IMAGINES AVOIR PRIS L'AVANTAGE, MAIS C'EST ENCORE PLUS SIMPLE POUR MOI !

PLAF!
HMM ?!
BLOOP
MAÎTRE ?!
PLASH
PLASH
HMMMMM ?!
BLOOP!
BLOOO... BLOUUBLOU BLOUUUU !!
(JE NE PEUX PAS RETIRER CETTE BULLE !!)
COMMENT ?!

封神演義

SHOWASHOOOW
BLOUP
BLOOUUU...
BLOUBLOUUU
BLOUUU !
(C'EST COINCÉ !!)
BLOOUP

ÉPISODE 38

Taigong soûl !

VOUS N'ÊTES PAS FORCÉS DE LIRE ÇA, MAIS COMME IL RESTAIT UNE PAGE BLANCHE...

FUTILITÉS 3

- LE TABAC EST NOCIF POUR LA SANTÉ. JE LE SAIS BIEN, ET POURTANT, PAS MOYEN DE M'ARRÊTER DE FUMER.
- J'AI BIEN ESSAYÉ UNE FOIS, MAIS JE N'AI PAS TENU : JE ME SENTAIS TROP MALADE.
- IL N'Y AVAIT AUCUN SYMPTÔME PHYSIQUE, MAIS J'AVAIS TENDANCE À TROP ME POSER DE QUESTIONS. PEUT-ÊTRE PARCE QUE MON ORGANISME PRODUISAIT TOUT À COUP TROP DE CELLULES... CET ÉTAT AVAIT UNE INFLUENCE DIRECTE SUR MES DESSINS. JE CHOISISSAIS DES THÈMES UN PEU TROP SÉRIEUX ET IL ME FALLAIT QUATRE BONS MOIS POUR RÉALISER LES PLANCHES PRÉPARATOIRES D'UNE HISTOIRE COURTE. JE NE POUVAIS PAS RESTER COMME ÇA.
- J'AI DONC RECOMMENCÉ À FUMER DES CIGARETTES À 1MG, ET AUSSITÔT J'AI RETROUVÉ MON RYTHME DE TRAVAIL NORMAL, LE CRAYON GLISSAIT TOUT SEUL SUR LES FEUILLES. C'EST ÉTRANGE, TOUT DE MÊME.
- VOUS PENSEZ SANS DOUTE QUE CE N'EST QU'UNE VULGAIRE "EXCUSE DE GROS FUMEUR", MAIS EN CE QUI ME CONCERNE, JE SUIS SINCÈRE : JE NE FAIS QUE VOUS RACONTER LA VÉRITÉ.
- JE FUME DONC BEAUCOUP AUJOURD'HUI ENCORE. PEUT-ÊTRE QUE JE ME SUIS LAISSÉ INFLUENCER PAR MONSIEUR HASHIMOTO, NOTRE EX-PREMIER MINISTRE, QUI AVAIT DÉCLARÉ UN JOUR : "NON ! JE N'ARRÊTERAI PAS DE FUMER !".
- AU PASSAGE, SACHEZ QUE JE N'AVAIS JAMAIS PORTÉ UNE CIGARETTE À MES LÈVRES AVANT MA MAJORITÉ, C'EST-À-DIRE LE JOUR DE MES 20 ANS. ET JE VOUS PROMETS QUE C'EST VRAI.
- ON M'AVAIT SOUVENT AVERTI DES MÉFAITS DU TABAC POUR L'ORGANISME, NOTAMMENT QU'IL POUVAIT STOPPER LA CROISSANCE, ET QUE FUMER DURANT L'ADOLESCENCE, C'EST S'EMPOISONNER IRRÉMÉDIABLEMENT. JE NE TENAIS PAS À ATTEINDRE LA MAJORITÉ AVEC DES POUMONS ENDOMMAGÉS.
- ALORS UN CONSEIL : NE TOUCHEZ PAS À LA CIGARETTE AVANT D'AVOIR 20 ANS. EN ATTENDANT, BUVEZ DU LAIT, C'EST EXCELLENT POUR LA CROISSANCE !

FIN

MAÎTRE !!
FAITES QUELQUE CHOSE !! SINON VOUS ALLEZ VOUS NOYER D'UNE FAÇON COMPLÈTEMENT RIDICULE !! QUELLE FIN HONTEUSE !
JE SAIS ! BUVEZ DONC TOUTE CETTE EAU !!
JE CRAINS FORT QUE CE SOIT IMPOSSIBLE, MON GROS HIPPO BLANC.
PAM
COMME JE VOUS L'AI EXPLIQUÉ TOUT À L'HEURE, C'EST DE L'EAU DE MER.
S'IL BUVAIT TOUT ÇA, IL MOURRAIT SUR-LE-CHAMP À CAUSE DE L'ABSORPTION EXCESSIVE DE SEL !

Z...Z'EN PEUX BLOUUU...
AH !!
SHPAF
MAÎTRE !!
FLWOOM
BON ! 'Y A PLUS LE CHOIX ! ALLONS-Y !
NON ! RESTEZ ICI !
ZAA
P'PA ?!
YOUQIAN EST FORT, MAIS MAÎTRE TAIGONG NE PEUT PAS SE FAIRE BATTRE ! IL DOIT RÉUSSIR À S'EN TIRER TOUT SEUL !
WOOSH
S'IL NE PARVIENT PAS À SE DÉBARRASSER D'UN TEL ADVERSAIRE, IL SERA TOTALEMENT IMPUISSANT FACE À DAJI ET WEN ZHONG QUI SONT ENCORE BIEN PLUS FORTS !
VOUS COMPRE-NEZ ?
GLOUPS!
ALORS ENCOURA-GEONS-LE, AU MOINS !!
BLOM
ALLEZ, MAÎTRE !! COURAA-AAAGE !!
BLOM
BLOM

SHI... SHIBLOU...
QU'Y A-T-IL, MAÎTRE ?! VOUS VOULEZ ME TRANSMETTRE VOS DERNIÈRES VOLONTÉS ?!
BLLLLLLL
UNE... PÊCHBLOU...
UNE PÊCHE ?
UNE PÊCHE...
?
DOMDOM
!!
QU'EST-CE QU'ILS FABRIQUENT... ?

GLOUP GLOUP
BOUP BOUP
PFYUU!
IL A TOUT BU !!
PFYUUUÛÛ... MERCI, SIBU ! DONNE-M'EN UNE AUTRE !
TENEZ !
VOTRE ARME SECRÈTE : LES PÊCHES MAGIQUES !!
TADADAM

...
...
CES PÊCHES ONT LA PROPRIÉTÉ DE SE DISSOUDRE ET DE TRANSFORMER N'IMPORTE QUEL LIQUIDE EN ALCOOL DE PREMIÈRE QUALITÉ !
COMME TU AS VU, JE VIENS DE M'EN ENFILER UNE BONNE PETITE RASADE !
RAAAHH AHAHAHAH !!
QUELLE MISÈRE ! MA SUPERBE TECHNIQUE DÉJOUÉE PAR UN PROCÉDÉ AUSSI MINABLE...
GLOUUB !!
CHANGE-MENT DF PROGRAMME !!
PUISQUE C'EST COMME ÇA, JE VAIS TE FAIRE BOIRE ENCORE ET ENCORE, JUSQU'À CE QUE TU TOMBES DANS UN COMA ÉTHYLIQUE !!
GRR

PÊCHE MAGIQUE !!
WHAAAA AHAHAHA HAHAH !!
ZWOM
...
PRENDS ENCORE ÇA ! ET ÇA !!
WOM
SHWOOOOM
FWIM
AH !!
WOOOOOOSH
FWIM

IL ESQUIVE.

IL A TOUT ESQUIVÉ ?!
BEN ALORS ? TU N'ÉTAIS PAS AU COURANT ?
HIIPS !
PLUS JE ME SOÛLE, MIEUX JE ME BATS !
LA TECHNIQUE... DE L'HOMME IVRE MORT ?!
AAAHH ! QU'EST-CE QUE C'EST BON !
J'AIMERAIS VOUS FAIRE PARTAGER À TOUS CETTE DÉLICIEUSE SENSATION !

HOP ! JE VAIS TRANSFORMER TOUTE CETTE EAU EN SAKÉ !!
PLOK PLOK
AH !!
ZWAAM
WAAH
POUAH !! ÇA PUE L'ALCOOL !!
QUEL IMBÉCILE ! QU'EST-CE QUI LUI A PRIS ENCORE ?!
MAÎTRE ! ARRÊTEZ DE GAS-PILLER NOS PRÉCIEUSES PÊCHES MAGIQUES !!
SALE PETIT BOUFFON...
GRRRR
GRRRR
GRRRR GRRRRR

SHAW SHAW SHAW SHAW SHAW
NE TE MOQUE PAS DE MOI !!
JE VAIS T'ASPERGER D'ALCOOL JUSQU'À CE QUE MORT S'ENSUIVE !!
MEURS, TAIGONG WANG !!
BUSH
BUSH
SMiLE

SHBRUMMMMMMN
FTAP!!
!!
NE RESTE PAS À JEUN !
QUE... QU'EST-CE QUE TU FAIS ?!
SLAP
GOÛTE DONC À MON SAKÉ ! IL EST EXQUIS !
MHAAAAM
OOOON !!

SHPLOUF !!
BWAAAARFF !!
SHPLASH
AH...
...C'EST PAS LE MOMENT DE BOIRE LA TASSE...
ALLEZ ! ENCORE UN PETIT PLONGEON !!
PLOUF
BLOUUBLL !!
WOOF
VOILÀ DONC OÙ TU VOULAIS EN VENIR !
TU COMPTES REMPORTER LA VICTOIRE EN ME SOÛLANT ?!
TOUT JUSTE !
SHLASH
SHLASH
!!

↑ REPRÉSENTATION ALLÉGORIQUE.

REGAR-DEZ !
L'EAU SE RETIRE !
LE GRAND-MARÉCHAL
DRÔLE DE COMBAT...

FWIP
FWIP
FWIP
FWIP
FWUP
FWUP
LA TÊTE ME TOURNE...
HA HA HA HA HA !! ALORS ? C'EST L'ALCOOL QUI TE MONTE À LA TÊTE ?
HIPS
FWUP
JE N'AI JAMAIS VU UN IMMORTEL SE COMPORTER D'UNE TELLE FAÇON...
FWUP
EN UN SENS, IL EST ENCORE PLUS CORIACE QUE DAJI...
Hiiii
IL FAUT BOIRE PLUS !
...

IL EST ROND COMME UNE BARRIQUE...
FWIP
FWIP
C'EST LA PREMIÈRE FOIS QUE J'ASSISTE À UN COMBAT AUSSI MINABLE !
SHAW
BATS-TOI SÉRIEUSEMENT, YOUQIAN !!
OH ! ÇA VA, HEIN !
C'EST PAS MA FAUTE, C'EST L'AUTRE QUI...
N'OUBLIE PAS NOTRE VÉRITABLE OBJECTIF, YOUQIAN.
...HORS DE QUESTION DE LAISSER TAIGONG WANG MENER LA DANSE, NOUS RISQUONS DE PERDRE LA FACE VIS-À-VIS DE WEN ZHONG.
HA
LE GÉNÉRAL WEN ZHONG...

INUTILE D'EN DIRE DAVANTAGE. LA PLAISANTERIE EST FINIE !
HMM HMM... BELLE RÉSOLUTION, MAIS JE DOUTE QU'IL TE RESTE SUFFISAMMENT D'ÉNERGIE POUR FAIRE JAILLIR DE L'EAU.
HIC !
IL N'Y A QUE SHEN GONGBAO QUI SOIT CAPABLE D'UTILISER DE SI PUISSANTES TECHNIQUES PLUSIEURS FOIS D'AFFILÉE !
PEUH !
WOOSH
NE SOUS-ESTIME PAS LE POUVOIR DES QUATRE ERMITES !
UNE FAUX AQUEUSE ?

SHWAAAAW!
J'AURAI BIEN ASSEZ DE CET INSTRUMENT POUR ME DÉBARRASSER DE TOI !

TRÈS BIEN... JE SUIS PRÊT ! ET JE NE VAIS PAS ME LAISSER FAIRE !

封神演義

LE BRACELET COSMIQUE DE NAZHA...
"L'ÉPÉE DE MUYE" QUE MANIE HUANG TIANHUA...
IL PARAÎT QU'IL S'EN EST SERVI POUR DÉCLENCHER UNE TORNADE GÉANTE.
ET L'ON DIT AUSSI QU'ELLE A ÉTÉ CONÇUE PAR LE VÉNÉRABLE-CÉLESTE YUANSHI EN PERSONNE...
NOUS AVONS RASSEMBLÉ SUFFISAMMENT D'INFORMATIONS CONCERNANT CES DEUX BAOBEIS.
EN REVANCHE, NOUS NE SAVONS QUASIMENT RIEN DE LA "BADINE DIVINICIDE" DE TAIGONG WANG.

AUSSI, NE NOUS PRÉCIPITONS PAS.
ÉPISODE 39
Les ermites attaquent Xiqi
TOUT NE S'EST PAS DÉROULÉ COMME NOUS L'AVIONS PRÉVU, MAIS YOUQIAN A TOUT DE MÊME RÉUSSI À ATTIRER TAIGONG DANS UN COMBAT RAPPROCHÉ.
À PRÉSENT, IL NE PEUT PLUS FUIR ET IL VA BIEN ÊTRE OBLIGÉ D'UTILISER SON BAOBEI !

CONTENTONS-NOUS D'OBSERVER, LE TEMPS DE COLLECTER QUELQUES DONNÉES SUR CETTE BADINE...

YAAH !!
WAKSHAN
BAW
YAH
WOOP
TCHIII !!
SHA

!!
NOS COUPS SE SONT DÉSAGRÉ-GÉS !

HÉ
HÉ HÉ
HÉ...
MERCI BEAUCOUP !
GRÂCE À TOI, J'AI DEUX ARMES À PRÉSENT !
ARGH !
PAS QUESTION !
MEURS, TAIGONG !

BOUR-RASQUE CINGLANTE ! DOUBLE LAME !!
...
C'EST ÉTRANGE...
WOOSH
...MÊME S'IL A DÉJÀ DÉPENSÉ BEAUCOUP D'ÉNERGIE, YOUQIAN N'EST PAS DU GENRE À FAIBLIR SI RAPIDEMENT. POURQUOI SE BAT-IL DE SI PIÈTRE FAÇON ?
ÇA CACHE QUELQUE CHOSE...
ON DIRAIT BIEN...
...QUE JE SUIS SOUMIS À UNE SORTE DE TEST...

TAIGONG WANG SE DÉBROUILLE PLUTÔT BIEN.
IL CONSERVE SON SANG-FROID POUR PARER LES ATTAQUES, TOUT EN GUETTANT LA FAILLE QUI LUI PERMETTRAIT D'ASSÉNER UN COUP FATAL.
Li XiNGPO
MALHEU-REUSEMENT POUR LUI, IL EST LOIN D'ÊTRE SUFFISAMMENT PUISSANT.
YANGSEN
SES PETITES ASTUCES BOUFFONNES NE LUI SERONT D'AUCUN SECOURS FACE AUX POUVOIRS DE NOS BAOBEIS.
ÇA SUFFIT COMME ÇA.
WANG-MO
IL EST INUTILE QUE NOUS RESTIONS TOUS ICI. VAINCRE CES MINABLES NE POSERA AUCUNE DIFFICULTÉ.
YOU-QIAN !

XINGPO ET MOI PARTONS LANCER L'ASSAUT SUR XIQI SANS PLUS TARDER !
YANGSEN ET TOI, VOUS RESTEZ ICI POUR ÉLIMINER TAIGONG WANG ET SES COMPAGNONS !
QUOI ?! ILS VONT ATTAQUER XIQI ?!
DOM
YANGSEN ! J'AI DÉPENSÉ BEAUCOUP D'ÉNERGIE AVEC LE TSUNAMI ET LES PITRERIES DE TAIGONG !
RÉGÉNÈRE-MOI, JE TE PRIE !
POC!
C'EST COMME SI C'ÉTAIT FAIT.
FWIP!
PAR LA PERLE FENDEUSE !
QUE JAILLISSE L'ÉNERGIE TERRESTRE !

KSHIM
!
DZIM
YOUQIAN A RECOUVRÉ TOUTES SES FORCES.
AH ! BEN NON !!
C'EST PAS DU JEU ! TOUS MES EFFORTS POUR L'AFFAIBLIR SONT RÉDUITS À NÉANT !!
BON ! ON COMPTE SUR VOUS, LES GARS !
WOOSH
AH !!
ZAM
EN AVANT, SIBU ! PAS QUESTION DE LES LAISSER FILER !
À VOS ORDRES !

HOLÀ ! PAS SI VITE !
BOOSH
FWASH !!

CETTE BARRIÈRE AQUEUSE EST INFRANCHISSABLE ! TE VOILÀ PRISONNIER !
HAHAHA !! CE N'EST QUE DE L'EAU ! PASSONS EN FORCE, SIBU !!
OK !
TU N'IRAS NULLE PART ! NOUS N'AVONS PAS LE TEMPS DE TE COURIR APRÈS ! D'ABORD, ON VA S'OCCUPER DE TES AMIS !
PLASH
PLASH
PWAAH !
GYAAAAH !! ÇA COLLE DE PARTOUT !!
ON SE CROIRAIT PRIS DANS LA MÉLASSE !!
PLUS JE LE REGARDE, PLUS JE LE TROUVE RIDICULE...
HELP MEEEEEE !!

BON ! 'Y A PLUS LE CHOIX MAINTENANT !
JE M'OCCUPE DE CES DEUX-LÀ !
...
WAAM
!!!
AH ! NAZHA !
JE ME LANCE À LA POURSUITE DES DEUX AUTRES.
C'EST CE WANG-MO QUI A L'AIR D'ÊTRE LE PLUS FORT : JE L'AI SENTI.
M... MAIS TU NE POURRAS PAS SORTIR DU DÔME !
PEUH !

OH ! NAZHA ! TU ES VENU M'AIDER À ME DÉPÊTRER ?!
...
SKRRRK !
SHA
OH !
BRMM
MAIS BIEN SÛR ! LE "TISSU DE LA CONFUSION CÉLESTE" A LE POUVOIR DE CRÉER DES REMOUS DANS L'EAU !
IL SUFFISAIT D'Y PENSER ! ME VOILÀ TIRÉ D'AFFAIRE !!
CIAO.
HAAAA
AAHH !! J'EN ÉTAIS SÛR !!

BRUMM
BRUMM
DIS DONC, WANG-MO... MAÎTRE WEN ZHONG NOUS A SEULEMENT DIT D'EXTERMINER LE GRAND-MARÉCHAL HUANG ET SES AMIS, MAIS...
...IL N'A PAS PARLÉ D'ATTAQUER XIQI, JE ME TROMPE ?
WOOOOSH
NON, C'EST EXACT. MAIS IL Y A PARFOIS DES INITIATIVES BONNES À PRENDRE !
LE PRINCIPAL SOUCI DE MAÎTRE WEN ZHONG EST DE PRÉSERVER LA DYNASTIE YIN. QUE NOUS DÉTRUISIONS XIQI NE POURRA PAS LUI DÉPLAIRE !

PARS DEVANT. JE M'EN OCCUPE.
ATTENDS !
C'EST CONTRE TOI QUE JE VEUX ME BATTRE !
D'AC-CORD !
GRR
!!
FLASH
...
FRSH
TU T'IMAGINES QUE JE NE SUIS PAS DE TAILLE ?
PLUS MAINTE-NANT...
JE VAIS COMMENCER PAR TOI AVANT DE RATTRAPER L'AUTRE.

ÇA Y EST !
VOICI XIQI !
HU HU HU... JE VAIS ANÉANTIR LA CITÉ TOUT ENTIÈRE À L'AIDE DE MON PUISSANT BAOBEI : "LES PERLES DU DÉCHIREMENT CÉLESTE" !
HEP ! EN BAS !

...VOUS N'AURIEZ PAS VU UN IMMORTEL AVEC UNE TRONCHE D'AHURI COMME CELLE-CI ?
TAIGONG WANG ?!
AH ! NON, NON !
C'EST JUSTEMENT LUI QUE JE CHERCHE.
BOYOOOOOO
IL N'EST PAS À XIQI, IL A L'AIR DE S'ÊTRE ABSENTÉ.
QU'EST-CE QUE...

ZOOM
ZOOM
ÇA ALORS !!
YANG-JIAN, LE DISCIPLE PRODIGE !
ALORS TOI AUSSI, TU ES DESCENDU DU MONDE CÉLESTE ?
IL SERAIT PLUS SAGE DE REBROUSSER CHEMIN, MON CHER ERMITE !
À MOINS QUE TU NE PRÉFÈRES PERDRE BÊTEMENT LA VIE QUE TU AS ENTRETENUE PENDANT PLUS D'UN MILLÉNAIRE ?

封神演義

ÉPISODE 40
Le prodigieux Yang-Jian

HOO...
OEIL DE MILLE LIEUX
ÇA COMMENCE À DEVENIR INTÉRESSANT, GONGBAO.
TU VEUX PARLER DE L'ARRIVÉE DES QUATRE ERMITES ?
COMMENT SE DÉFEND TAIGONG ? DIS-MOI DONC CE QU'IL FAIT EN CE MOMENT ?
HMM... IL EST LITTÉRALEMENT SCOTCHÉ AU PLAFOND.
GNOP! GNOP!
GYAAAA!
...VRAI... VRAIMENT ?
C'EST DOMMAGE DE NE PAS ASSISTER AU SPECTACLE DE PLUS PRÈS. POURQUOI NE SE REND-ON PAS SUR PLACE ?
TSSS TSSS!
VOYONS ! TU DEVRAIS LE SAVOIR, HEDIAN-HU !

TU ME CONNAIS : J'AIME QUE LES RÉJOUISSANCES SOIENT TOTALES !
OR, IL RESTE ENCORE UN PETIT DÉTAIL À RÉGLER AVANT D'ALLER LÀ-BAS.
?...
QUEL GENRE DE PETIT DÉTAIL ?
HiHé
TU NE VAS PAS TARDER À COMPRENDRE.
ALLONS-Y DE CE PAS !
BOUM!!

VOICI, GÉNÉRAL WEN ! CE SONT LES DOCUMENTS CONCERNANT LES TRAVAUX D'AMÉNAGEMENT DU FLEUVE.
SKRIT
SKRIT
ET PUIS À PROPOS DU BUDGET DE L'ANNÉE EN COURS, IL FAUDRAIT...
EUH... GÉNÉRAL...
...À MON HUMBLE AVIS, VOUS DEVRIEZ PRENDRE UN PEU DE REPOS...
POUR CE QUI EST DU BUDGET, VOYEZ ÇA AVEC LE GRAND CONSEILLER !
JE M'OCCUPERAI SOUS PEU DU LANCEMENT DES TRAVAUX DU FLEUVE !
SKRIT
SKRIT
LE SURMENAGE N'EST PAS BON POUR LA SANTÉ...
SI SEULEMENT LE GRAND-MARÉCHAL HUANG ÉTAIT LÀ...
ZAAAA
OUPS...
LE GRAND-MARÉCHAL N'EST PLUS ! ET J'AI DIT QUE JE NE VOULAIS PLUS JAMAIS EN ENTENDRE PARLER ! TU PEUX DISPOSER !
BIEN, GÉNÉRAL... EXCUSEZ-MOI.
...
UN INSTANT, ZHANG-KUI.

JE TE REMERCIE DE TE SOUCIER DE MA SANTÉ.
JE COMPTE SUR TOI POUR CONTINUER À ME SIGNALER MES EXCÈS.
AH !
BIEN SÛR, GÉNÉRAL !
DÉGAGEZ LE CHEMIN, VOUS AUTRES ! JE SUIS OCCUPÉ ! J'AI DES RESPONSA-BILITÉS, MOI !!
...
FLIP
ÇA NE ME RESSEMBLE PAS DE PARLER AINSI...
...TU NE TROUVES PAS, SHEN GONGBAO ?
OH ! TU AVAIS DONC DÉCELÉ MA PRÉSENCE ?

QU'ES-TU VENU FAIRE ICI, BOUFFON ?
JE TE PRÉVIENS QUE JE N'AI NULLEMENT L'INTENTION DE ME BATTRE CONTRE TOI !
TOUJOURS SUR LE QUI-VIVE, HEIN ?
C'EST ÇA QUE J'ADMIRE CHEZ TOI, WEN ZHONG.
SAIS-TU QUE DEUX DES QUATRE ERMITES ONT PRIS LA ROUTE DE XIQI DANS L'INTENTION D'ATTAQUER LA VILLE ?
JE SUIS SIMPLEMENT VENU M'ASSURER QUE TU ÉTAIS AU COURANT.
SKRITKRIT
NE DIS PAS DE BÊTISES ! JE LEUR AI DONNÉ L'ORDRE D'ÉLIMINER FEI-HU AVANT QU'IL NE PARVIENNE LÀ-BAS, RIEN DE PLUS !
...
POURTANT, JE NE FAIS QUE TE RAPPORTER LA VÉRITÉ. À L'HEURE QU'IL EST, WANG-MO EST AUX PRISES DANS LE CIEL DE XIQI.
SI TU N'INTERVIENS PAS, IL Y AURA DES VICTIMES PARMI LES HABITANTS DE LA VILLE. VAS-TU LES LAISSER FAIRE ?
ZOOM
DIS-TU VRAI ?

DANS LE CIEL AU-DESSUS DE XIQI...
YANG-JIAN, LE DISCIPLE PRODIGE...
TRÈS BIEN... TE VAINCRE ME PERMETTRA D'ACCROÎTRE MA RÉPUTATION !
ET AUGMENTER MON PRESTIGE REVIENT À AUGMENTER CELUI DU GÉNÉRAL WEN ZHONG !
WANG-MO...
NE SERAIT-IL PAS PRÉFÉRABLE DE REMETTRE CE COMBAT À PLUS TARD ?
JE N'IGNORE PAS QUE LES ERMITES DE L'ÎLE-AUX-NEUF-DRAGONS SONT RÉPUTÉS POUR LES TECHNIQUES SPECTACULAIRES QU'ILS EMPLOIENT.
SI NOUS COMBATTONS ICI, NOUS RISQUONS DE NUIRE AUX HABITANTS DE XIQI. CE SERAIT REGRETTABLE.

AU CONTRAIRE ! ÇA TOMBE À PIC !
EN AVANT ! PERLES DU DÉCHIREMENT CÉLESTE !!
MON OBJECTIF EST JUSTEMENT DE DÉVASTER XIQI !!
OH ! NON !

QUE DIS-TU DE ÇA, YANG-JIAN ?
AVEC LE PROCHAIN COUP, C'EST TOI QUE JE VAIS PULVÉRISER COMME CETTE MONTAGNE !!

BRRRRM
WHAAAA !!
LES PERLES DU DÉCHIREMENT CÉLESTE... UN BAOBEI QUI PROVOQUE DES DÉFLA-GRATIONS...
CES PERLES NE SE CONTEN-TENT PAS DE FAIRE EXPLOSER TOUT CE QUI EST SUR LEUR PASSAGE.
ELLES PROFITENT ÉGALEMENT DE LA FORCE DE LA DÉFLAGRATION POUR S'AUTO-PROPULSER.
C'EST ÇA QUE TU VOULAIS ME MONTRER ?
!

TU ES ALLÉ UN PEU TROP LOIN, WANG-MO !
LE PALAIS DE XIQI.
BRMMM
PÈRE... UNE ÉNORME DÉFLAGRATION VIENT DE RAVAGER LES QUARTIERS EST !
MISÉRI-CORDE ! QUELLE HORREUR...
HEUREUSEMENT, CE QUARTIER EST PEU HABITÉ CAR PROCHE DES MONTAGNES. IL Y A PEU DE VICTIMES.
CE N'EST PAS LE NOMBRE QUI IMPORTE !!
RMMM
J'IGNORAIS QUE LES AFFRONTEMENTS ENTRE IMMORTELS POUVAIENT ÊTRE AUSSI VIOLENTS ET DESTRUCTEURS !

QUELLE TENSION INCROYABLE !!
HO!!
YANG-JIAN M'ÉCRASE SOUS SA PRESSION ! C'EST STUPÉFIANT !
TANT PIS POUR TOI, WANG-MO...
C'EST TOI QUI L'AURAS CHERCHÉ ! MAIS JE M'EFFORCERAI DE LIMITER LES DÉGÂTS AU MAXIMUM...
ZAM
EH BIEN VAS-Y !!
FAIS-LE, SI TU EN ES CAPABLE !!

TU NE M'IMPRES-SIONNES PAS !!
PWOOP
WHOOSH
TU AS RÉUSSI À ESQUIVER CETTE SALVE...
...MAIS...
FLAP

...TU NE RÉSISTERAS PAS À CELLE-LÀ !!

BAOW

HAA...
WOOSH
HA HA HA !
FORMI-DABLE ! J'AI PULVÉRISÉ YANG-JIAN !!
ÉCOUTE-MOI BIEN, WANG-MO...
?!
L'EXPLOSION QUE TU AS VUE, C'EST MOI QUI L'AI PROVOQUÉE EN DÉTRUISANT UNE DE TES PERLES À L'AIDE DE MON TRIDENT.
YAN... YANG-JIAN ?! OÙ ES-TU ?!
JE SUIS TOUT PRÈS DE TOI.
J'AI PRIS L'APPARENCE D'UNE DE TES PERLES DE DÉCHIREMENT CÉLESTE.
QUOI ?!

BROOOOOO
TON MENSONGE NE PREND PAS !!
LES PERLES DU DÉCHIREMENT CÉLESTES SONT TOUTES AUTHENTIQUES ! ELLES OBÉISSENT PARFAITEMENT À MON COMMANDEMENT !!
...
IDENTIQUE AUX ORIGINALES ? C'EST IMPOSSIBLE...
MA TECHNIQUE DE MÉTAMORPHOSE FRÔLE LA PERFECTION.
ÉVIDEMMENT ! PUISQUE J'EN AI DÉCIDÉ AINSI.
BRRRR
RENTRE SUR L'ÎLE-AUX-NEUF-DRAGONS, WANG-MO ! JE PRÉFÉRERAIS ÉVITER D'AVOIR À TUER UN IMMORTEL DE TA VALEUR.
MAIS SI TU REFUSES DE M'ÉCOUTER, JE SERAI FORCÉ DE T'ANÉANTIR...
NE TE MÉPRENDS PAS : MA MÉTAMORPHOSE EST EN TOUS POINTS IDENTIQUE À LA PERLE ORIGINALE !

HGNNN...
CETTE SUPERCHERIE EST RIDICULE, YANG-JIAN !!
JE VAIS DÉTRUIRE XIQI ! COMME ÇA, ON VA BIEN VOIR SI MES PERLES SONT IDENTIQUES OU NON !
WAM !!
DOMMAGE...
ZWAM !!
SHBA

J'ESPÈRE QUE TU AS COMPRIS À PRÉSENT...
DOOOOOOOON
AAAARGH !!
WOON
PAS QUESTION DE RENONCER !
SINON JE N'OSERAI PLUS JAMAIS REGARDER MAÎTRE WEN ZHONG EN FACE !!
TA DÉTERMINATION FORCE LE RESPECT, MAIS JE TE LE RÉPÈTE : TU FERAIS MIEUX D'ABANDONNER ET DE RENTRER CHEZ TOI.
C'EST LE DERNIER AVERTISSEMENT QUE JE TE DONNE.

封神演義

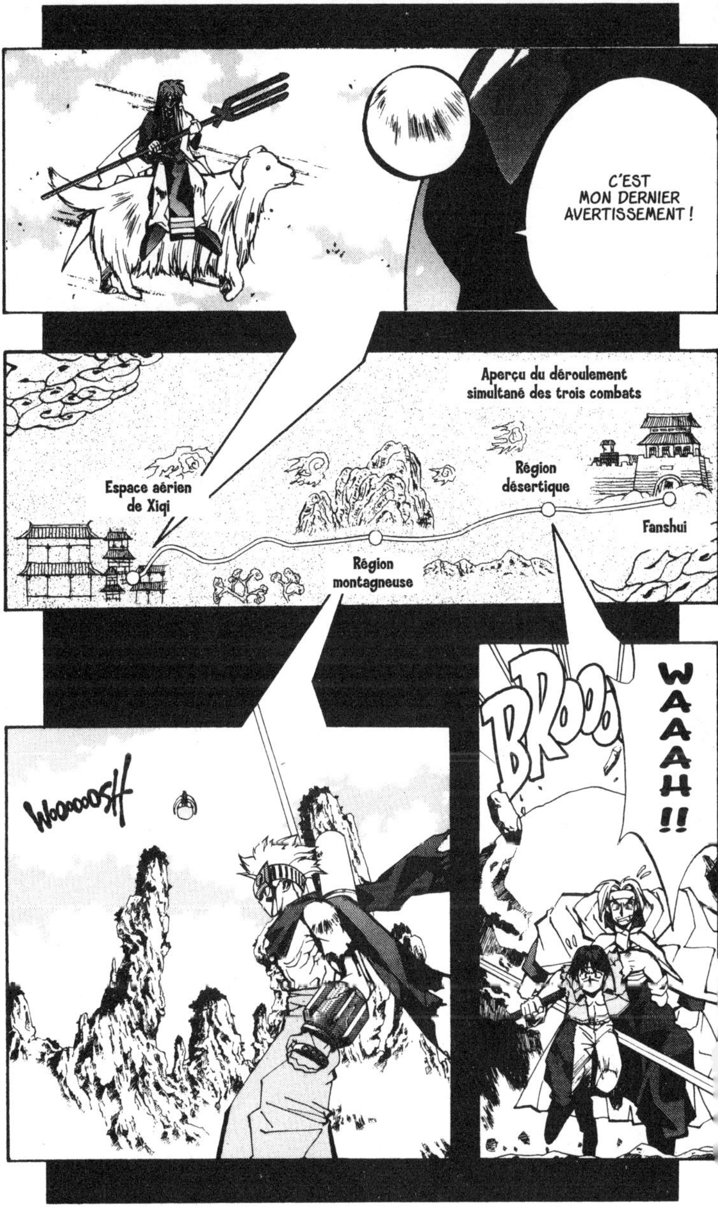
C'EST MON DERNIER AVERTISSEMENT !
Aperçu du déroulement simultané des trois combats
Espace aérien de Xiqi
Région montagneuse
Région désertique
Fanshui
WHOOOOOSH
BROOO
WAAAAH !!

ÉPISODE 41
estructeur
HA HA !! EH BIEN, MON PETIT NAZHA ?

Nazha le
TU ES PLUTÔT DÉCEVANT, MALGRÉ TOUS LES BAOBEIS QUE TU PORTES !

LA PREUVE : TU NE PEUX MÊME PAS LEVER LE PETIT DOIGT SUR MOI !

WISH
SHBAM
SHBAM
WHISH

WOOSH!!
TU VOIS ? TES ATTAQUES SONT INEFFICACES !
FWIIP
!!
MON BAOBEI, "LA BOULE D'AMBRE", EST MUNI D'UN DISPOSITIF AUTOMATIQUE QUI ESQUIVE LES ATTAQUES PORTÉES PAR LES ARMES DE L'ADVERSAIRE !
TON SORT EST RÉGLÉ, NAZHA ! IL NE TE RESTE PLUS QU'À MOURIR DANS D'ATROCES SOUFFRANCES !

ET À PETIT FEU !!
SHAW
URGH !
WAM
DAW
BAM !
BIDIP! BIDIP!
...
...
BROM
ÇA TOURNE MAL, GRUE-BLANCHE...
BIDIP
BIDIP

LES BAOBEIS DE NAZHA NE SONT PAS DU TOUT ADAPTÉS FACE À CET ENNEMI !
S'IL NE FAIT PAS TRAVAILLER SES MÉNINGES, IL N'A AUCUNE CHANCE DE VAINCRE !
MAIS, MAÎTRE TAIYI... NAZHA N'EST PAS HABITUÉ À RÉFLÉCHIR DURANT UN COMBAT...
FLAP
OUI... JE LE SAIS BIEN...
MAIS JE NE PEUX RIEN FAIRE... SI JE ME MONTRE, NAZHA ME TUERA...
J'AI PAS ENVIE DE FINIR DANS LA TOUR DE HÔSHIN !!
AH BON ? SI VOUS MOUREZ, VOUS CROYEZ QUE VOTRE ESPRIT S'ENVOLERA VERS LA TOUR ?
ÉVIDEM-MENT !
THE HÔSHIN FIELD
TOUS LES INDIVIDUS DE GRANDE VALEUR QUI SE TROUVENT DANS LES LIMITES DU CHAMP DE HÔSHINS, SONT CONCERNÉS.
ENTRENT EN COMPTE LA FORCE PHYSIQUE, LES QUALITÉS INTELLECTUELLES, OU ENCORE LA VALEUR SPIRITUELLE.

LE CHAMP CONTINUERA D'EXISTER JUSQU'À CE QUE 365 ESPRITS SOIENT EMPRISONNÉS DANS LA TOUR, PEU IMPORTE LEUR ORIGINE.
ET UNE FOIS QUE L'ON S'EST FAIT PRENDRE, IL DEVIENT IMPOSSIBLE DE SE RÉINCARNER.
AH BON ?! JE PENSAIS QUE LE CHAMP ÉTAIT CONÇU DE MANIÈRE À N'EMPRISONNER QUE L'ESPRIT DE NOS ENNEMIS !!
HÉLAS NON ! LE SYSTÈME N'EST PAS SI PERFECTIONNÉ !
HMM ?
MAIS TANT QU'À FAIRE, IL FAUT SE DÉBROUILLER POUR Y ENFERMER LE MAXIMUM D'ADVERSAIRES.
CAR C'EST EN ÇA QUE CONSISTE LE PLAN HÔSHIN.
AH !!

UNE POUPÉE GONFLABLE À MON EFFIGIE !!
...UTILISER MA FORMIDABLE INVENTION !!
CLAP
TAIYI
TADAM
PENDANT QUE NOUS PAPOTIONS !
NAZHA S'EST FAIT ARRACHER UNE JAMBE !!
JE NE PEUX PAS FAIRE GRAND-CHOSE, À PART...
BON SANG ! SI SEULEMENT TAIGONG WANG ÉTAIT LÀ... IL AURAIT SÛREMENT UNE IDÉE...
BLAP
HUNG
HA HA HA !!
TOP
RASSURE-TOI : JE VAIS ABRÉGER TES SOUFFRANCES !
PAS FACILE DE GARDER L'ÉQUILIBRE AVEC UNE JAMBE EN MOINS, HEIN ?

JE N'AI PAS DIT MON DERNIER MOT !!
HA HA HA HA !!
AH !!
TU PERDS TON TEMPS !
IL Y A QUELQU'UN LÀ-BAS !!

QUI VA LÀ ?!
太乙
風船
* TAIYI GONFLABLE
...
QU'EST-CE QUE C'EST QUE ÇA...?
TAIYI ! QU'EST-CE QUE TU FAIS ICI ?!
JE NE TE LAISSERAI PAS FOURRER TON NEZ DANS MON COMBAT !! JE VAIS TE TUER !!
EUH... IL EST AVEUGLE OU QUOI...
kip
POURQUOI EST-CE QUE TU NE DIS RIEN ?!

SHAP!
SHBA!!
DALL
KTUP
COMMENT CE BALLON GONFLABLE EST-IL ARRIVÉ ICI...?
AH...

IL Y A DES TAIYI PARTOUT !!
...
PAS DE QUARTIER ! JE VAIS TOUS LES EXTERMINER !!
STAC
STAC

BRMMM
AH !!
NAZHA A DISPARU DERRIÈRE LA FUMÉE !
BRMMMMMMMM
IL VA M'ÉCHAPPER !
FWOP
LÀ-BAS !
BINSH !

HMM...
LES RAYONS LUMINEUX SONT VOILÉS...
BIEN SÛR... J'AURAIS DÛ Y PENSER PLUS TÔT !
J'AI DÛ L'AVOIR.

!!
SHKLIP
KLNIP
...
MISÉRI-
CORDE !!

GÉNIAL ! NAZHA A REMPORTÉ LE COMBAT !
HÉ HÉ ! VOTRE PETITE ASTUCE A BIEN FONCTIONNÉ !
HEHE
AVEC LA FUMÉE, LES RAYONS ÉMIS PAR LA SPHÈRE DE LI XINGPO DEVIENNENT PLUS DIFFUS ET PERDENT EN INTENSITÉ.
IL SUFFISAIT DE PENSER AUX PROPRIÉTÉS PHYSIQUES DE LA LUMIÈRE POUR LE CONTRE-CARRER.
FLAP!
FORMIDABLE ! JE RECONNAIS BIEN LÀ VOTRE ESPRIT DE SAVANT-FOU !
"SAVANT" TOUT COURT, ÇA IRA.
!?
WASHA
QUE...
POURQUOI NE ME TIRES-TU PAS UN BRACELET COSMIQUE ?!
JE NE VEUX PAS DE TA PITIÉ !!

CE N'EST PAS DE LA PITIÉ... C'EST JUSTE QUE JE N'AI PAS L'IMPRESSION DE T'AVOIR VAINCU PAR MES PROPRES MOYENS.
LE COMBAT EST REMIS À PLUS TARD.
ÇA, C'ÉTAIT PAS PRÉVU...
NAZHA...
...
BRMMM
À PRÉSENT QU'IL SAIT ÇA, IL EST VRAIMENT INVINCIBLE.
ENFIN BON... L'ESSENTIEL C'EST QU'IL AIT APPRIS À UTILISER SA TÊTE PENDANT UN COMBAT.
C'EST UNE GRANDE VICTOIRE POUR NAZHA.

封神演義

OBSERVE, SIBU !
ONE...
TWO...
BAN-SHEE !!
GYAAAAHH !! JE SUIS TOUT EMPÊTRÉ DANS LA GLU !!
AAH... JE NE TROUVE MÊME PAS LES MOTS POUR EXPRIMER MON DÉSESPOIR...

JE N'AI PAS L'IMPRESSION DE T'AVOIR VAINCU PAR MES PROPRES MOYENS.
LE COMBAT EST REPORTÉ.
Aperçu du déroulement simultané des trois combats
Espace aérien de Xiqi
Région montagneuse
Région désertique
Fanshui
C'EST MON DERNIER AVERTISSEMENT !

ÉPISODE 42

Tianhua reçoit "les cornes du dragon"

BRMMMMMMMM
SHOW
SON BAOBEI LUI PERMET DE CONTRÔLER LES FORCES TERRESTRES...
SHAN
WOOM
JE M'OCCUPE DE LUI !
TOI, P'PA, PENDANT CE TEMPS TU SURVEILLES L'AUTRE, CELUI QUI MAÎTRISE LA FLOTTE !
DASH !!
EXCELLENTE IDÉE : IL VAUT MIEUX COMMENCER PAR SE DÉBARRASSER DE CELUI QUI POSSÈDE DES POUVOIRS RÉGÉNÉRATEURS !
TOUT JUSTE !

C'EST PARTIIII !!
PAF!
TCHIIII !!
HOLÀ !

SKRA
SDAM
WHAAAA !!
BON SANG !!
HA!
PAS MOYEN DE M'APPRO-CHER DE LUI !!
BRROUUUM

TU N'AS ENCORE RIEN VU !
WOW !!

PFYUUU... J'L'AI ÉCHAPPÉ BELLE...
FTAP!
BWAAAH !!

SHKA
KLING
HUUMPF !!
GWAAAAH !!
BROOOOMMMMMS
SBAM

TIANHUA !!
TIANHUA !!
?!
BRMMM
OH ! NONNN !!
DASH
SABA
WHAAA !!
HÉ ! YANGSEN ! C'EST PAS TRÈS FAIR-PLAY DE T'EN PRENDRE À DE VULGAIRES MORTELS !
JE SUIS MAL PLACÉ POUR PARLER, MAIS BON...
JE SAIS BIEN... JE N'AVAIS PAS L'INTENTION DE LEUR FAIRE DU MAL...

C'EST LE SEUL INCONVÉNIENT DE NOS BAOBEIS.
NOS ATTAQUES DÉVASTATRICES SONT IDÉALES POUR DÉCIMER UNE ARMÉE OU RÉDUIRE À NÉANT UNE FORTERESSE, MAIS...
...ELLES SONT SI PUISSANTES QU'IL EST DIFFICILE DE LIMITER LES DÉGÂTS LORSQUE L'ON S'ATTAQUE À UNE CIBLE RESTREINTE.
BROOOOOOOO
ÇA VA ?! PAS TROP DE BOBO ?!
HNG... ÇA PEUT ALLER...
SHTAP!
!
JE SAIS BIEN QUE TU NE L'AS PAS FAIT EXPRÈS, MAIS ÇA N'EMPÊCHE...
...JE DOIS TE METTRE HORS D'ÉTAT DE NUIRE, ET LE PLUS TÔT SERA LE MIEUX !

PAS QUESTION DE TE LAISSER FAIRE DU MAL AUX PERSONNES QUI ME SONT CHÈRES !!
UNE MINUTE ! TIANHUA !
ÉCOUTE-MOI, TIANHUA ! TON ÉPÉE N'EST EFFICACE QU'EN COMBAT RAPPROCHÉ. ELLE NE TE PERMET PAS DE FRAPPER À DISTANCE.
BOIIING
MAÎTRE TAIGONG...
HÉ HÉ HÉ... J'AI RÉUSSI À DESCENDRE JUSQU'ICI !
AU POIL !
FWIP
VOICI UN BAOBEI QUI TE PERMETTRA DE REMÉDIER À CE PROBLÈME.

ÇA ?
CE SONT "LES CORNES DU DRAGON", UN BAOBEI QUI DÉGAGE DE PUISSANTES FLAMMES.
BON ! JE TE LAISSE...
MAIS JE MANQUE ENCORE D'ENTRAÎNEMENT, ; JE NE PEUX PAS UTILISER UN BAOBEI AUQUEL JE NE SUIS PAS HABITUÉ !
NE T'INQUIÈTE PAS POUR ÇA ! TU AS UN DON NATUREL POUR LE MANIEMENT DES ARMES !
FLIP
MAÎTRE... IL Y A UNE GROSSE TARENTULE QUI VOUS IMITE...
BON... BEN... IL NE RESTE PLUS QU'À LES ESSAYER...
SHUNNN
VOYONS CE QUE ÇA DONNE !!

WOOOOSH
LES CORNES DU DRAGON ?!
SHUOOOOOSH
HUUNG !
J'EN ÉTAIS SÛR ! IL LES MANIE DÉJÀ À LA PERFECTION !
CE GENRE DE MOUVEMENTS BRUSQUES CONVIENT PARFAITEMENT AUX CORNES DU DRAGON ! C'EST COMME ÇA QU'ELLES DÉGAGENT TOUT LEUR POTENTIEL !
CERNÉ PAR LES FLAMMES...
FRAOUSH
WAHOU ! GÉNIAL !
SNAP

WISH
AVEC CETTE ARME, LA VICTOIRE EST DANS LA POCHE !
SNAP!
BROOM
KLING
BROOM
NE T'EMBALLE PAS !!
!
ZUT ! JE ME SUIS LAISSÉ DISTRAIRE PAR LES FLAMMES, ET TIANHUA EN A PROFITÉ POUR SE RAPPROCHER !
BRMMMM
PAS DE PANIQUE, YANGSEN ! JE SUIS LÀ AVEC MON BAOBEI !
HÉ
QUE S'ABATTENT LES FLOTS !!
FLUAP

AAAH !! IL A ÉTEINT TOUTES MES FLAMMES !!
...
ÇA DEVRAIT ÊTRE BON, MAINTENANT...
GRAND-MARÉCHAL !
!

SUIVEZ-MOI TOUS !! IL EST TEMPS DE QUITTER CE DÔME !!
HEIN ?! MAIS... MAIS COMMENT ?!
DASH
REGARDEZ PLUTÔT ! LA PAROI AQUEUSE S'EST FRAGILISÉE !
PAR ICI LA SORTIE !!
FWOOOOM
GAO YOUQIAN A ÉTÉ OBLIGÉ D'UTILISER CETTE EAU POUR ÉTEINDRE LES FLAMMES DE TIANHUA !
SHBOOM
OH ! NON !!

ALLEZ-Y ! DÉPÊCHEZ-VOUS !
NE VOUS INQUIÉTEZ PAS POUR TIANHUA ! IL EST ASSEZ FORT POUR S'EN SORTIR !
NON ! LE GRAND-MARÉCHAL NE DOIT PAS NOUS ÉCHAPPER !!
NOUS NE POUVONS PAS FAILLIR À LA MISSION DU GÉNÉRAL WEN ZHONG !!
!!
HÉ HÉ...
PAS TROP TÔT ! JE PEUX ENFIN ME SERVIR DE MON ÉPÉE !
JE NE L'AI PAS VU VENIR !!

!!!
SPLIC
HE HÉ...
DÉSOLÉ, MON POTE. EN COMBAT RAPPROCHÉ, JE SUIS IMBATTABLE.
Fin du volume 5

E POPULARITÉ DES PERSONNAGES

39 914 VOTANTS !! MERCI À TOUS !

HÔSHIN — LE PREMIER GRAND VOTE

À L'OCCASION DU PREMIER ANNIVERSAIRE DE LA PARUTION DES ÉPISODES DE HÔSHIN, LE MAGAZINE JUMP A ORGANISÉ UN GRAND RÉFÉRENDUM POUR ÉLIRE LES PERSONNAGES LES PLUS POPULAIRES ! VOTRE PARTICIPATION A DÉPASSÉ TOUTES NOS ESPÉRANCES ! MERCI MILLE FOIS !!

DES CONTESTATIONS ?

SIBU & GRUE-BLANCHE

...SE LÂCHENT !

SIBU (S) : OUF ! MON MAÎTRE EST ARRIVÉ EN PREMIÈRE PLACE !

GRUE-BLANCHE (GB) : AVEC BEAUCOUP D'AVANCE EN PLUS. MAÎTRE YUANSHI EST RAVI.

S : MAIS PENDANT LE DÉPOUILLEMENT, ON A BIEN CRU QUE NAZHA PRENDRAIT LA TÊTE. MON MAÎTRE ÉTAIT VERT.

GB : YANGJIAN EST BIEN PLACÉ AUSSI, ALORS QU'IL N'APPARAÎT PAS SOUVENT.

S : IL Y AURA SANS DOUTE DU CHANGEMENT LORS DU PROCHAIN VOTE. MOI C'EST LE FAIT DE TROUVER TAIYI EN 5ÈME PLACE QUI M'A LE PLUS ÉTONNÉ...

GB : EN EFFET... C'EST PEUT-ÊTRE SON SOURIRE PHOTOGÉNIQUE QUI A FINI PAR SÉDUIRE LES LECTEURS... ET TOI, SIBU-XIANG ? TU ES SATISFAIT DE TA PLACE ?

S : BOF... JE DOIS DIRE QUE JE M'ATTENDAIS À ÊTRE MIEUX PLACÉ...

LE PETIT MOT DE RYÔ FUJISAKI !

VOUS N'AVIEZ QU'UNE SEMAINE POUR VOTER, ET VOUS AVEZ POURTANT ÉTÉ INCROYABLEMENT NOMBREUX À NOUS ÉCRIRE : MERCI À TOUS ! JE SUIS BIEN CONTENT QUE MON HÉROS SE RETROUVE EN 1ÈRE PLACE, MÊME SI LE CLASSEMENT EST LÉGÈREMENT DIFFÉRENT DE CELUI AUQUEL JE M'ATTENDAIS. C'EST TRÈS INTÉRESSANT POUR MOI.

11ème	XIMEI	806 VOIX
12ème	HUANG TIANXIA	688 VOIX
13ème	WANG GUIREN	648 VOIX
14ème	WUJI	584 VOIX
15ème	BAYIKAO	575 VOIX
16ème	LE ROI ZHOU	547 VOIX
17ème	LEI ZHENZI	499 VOIX
18ème	GRUE-BLANCHE	477 VOIX
19ème	HEDIAN-HU	416 VOIX
20ème	LE VENDEUR DE BÛCHES	314 VOIX
21ème	JIAZHI	238 VOIX
22ème	XIAO-TIANQUAN	215 VOIX
23ème	YUN ZHONGZI	71 VOIX
24ème	HUANG-ZHI	54 VOIX
25ème	JI FA	51 VOIX
26ème	LE DUC JI CHANG	42 VOIX
	LE ROBOT DE MAÎTRE YUANSHI	42 VOIX
28ème	RYÛ FUJISAKI	39 VOIX
29ème	BIYUN	34 VOIX
30ème	TUXING-SUN	30 VOIX
31ème	MAÎTRE YUANSHI	29 VOIX
32ème	DAODE ZHENJUN	28 VOIX
	CHEN-TONG	28 VOIX
34ème	LI JING	25 VOIX
35ème	YINSHI	24 VOIX
36ème	YIN-JIAO	22 VOIX
37ème	HEQILIN	21 VOIX
Ainsi que	LE SINGE BLANC	19 VOIX
	YIN-HONG	17 VOIX

CES PAGES FURENT PUBLIÉES EN 1997 DANS LE NUMÉRO 24 DU MAGAZINE JUMP.

LES DEUX DERNIÈRES PAGES
AU BORD DU GOUFFRE VIII
BONJOUR À TOUS !
TRISTE NOUVELLE : "MAKUKO", MON FIDÈLE MACINTOSH, A RENDU L'ÂME.
IL FAUT QUE J'EN ACHÈTE UN NOUVEAU.
LES LECTEURS QUI NE CONNAISSENT QUE MES MANGA PARUS EN VOLUMES RELIÉS...
...IGNORENT PROBABLEMENT QUE J'AI RÉALISÉ UNE HISTOIRE INTITULÉE "DISTORSION". J'ESPÈRE QU'ELLE A PLU À CEUX QUI L'ONT LUE.
EN COMPTANT LES QUELQUES AUTRES HISTOIRES QUE J'AI DESSINÉES, J'ARRIVE À UNE PETITE CENTAINE DE PAGES.
EN CONTINUANT À CE RYTHME, JE POURRAIS PEUT-ÊTRE BIEN SORTIR UN SECOND RECUEIL D'ICI QUELQUE TEMPS... OU PEUT-ÊTRE PAS... ALLEZ SAVOIR !
OH ! QUE DE SOUVENIRS !
RESTONS PATIENTS ! (M. SHIMA QUI PARLE)

JE CHANGE COMPLÈTEMENT DE SUJET : J'AI ENFIN OBTENU L'AUTORISATION D'ALLER FAIRE UN VOYAGE DE RECHERCHES EN CHINE !!
CHINE !!!
J'AVAIS PRÉVU DE FAIRE CE VOYAGE AVANT DE COMMENCER LA PUBLICATION DE HÔSHIN, MAIS IL A FALLU PLUS D'UN AN AVANT QUE ÇA SE DÉCIDE.
ET EN PLUS, AVANT LA RÉTROCESSION DE HONG KONG !!
JE SUIS ALLÉ M'ACHETER QUELQUES ACCESSOIRES DE VOYAGE DANS UN GRAND MAGASIN DU QUARTIER DE SHINJUKU.
J'AI MÊME TROUVÉ DES SLIPS EN PAPIER ! VOUS VOUS RENDEZ COMPTE ?!
MONSIEUR SHIMA ! QUE DIRIEZ-VOUS DE PASSER UN MOIS LÀ-BAS ?
ARRÊTEZ DE DIVAGUER ! UNE SEMAINE MAX ! ET VOUS ALLEZ DEVOIR DESSINER DANS VOTRE CHAMBRE D'HÔTEL, MON VIEUX !!
PAS QUESTION ! PAS QUESTION !
MUNI DE SA GAME BOY SKELETON (ÉDITION LIMITÉE) ACHETÉE SPÉCIALEMENT POUR L'OCCASION, HISTOIRE DE NE PAS S'ENNUYER DANS L'AVION...
PLUS HAUT QUE LES NUAGES !
SWOOM
GAME BOY POCKET
NOTRE AMI FUJISAKI S'APPRÊTE À S'ENVOLER POUR LA CHINE ! RETROUVEZ LA SUITE DE SES AVENTURES AU PROCHAIN VOLUME !!

DEUX ILLUSTRATIONS RÉALISÉES AVANT LE DÉBUT DE PARUTION DE HÔSHIN

Ces deux illustrations ont été réalisées pour annoncer la parution prochaine de HÔSHIN.

C'est vraiment SIBU-XIANG qui est le plus remarquable.

HÔSHIN-ENGI © FUJISAKI RYÛ 199X

Au départ, Sibu-Xiang devait ressembler à un petit dragonnet, mais il a fini par ressembler à un hippopotame. Enfin bon, ce qui est fait est fait... et c'est pas plus mal comme ça !

- Hoshin - L'investiture des dieux -

Titre original : "HOSHIN ENGI"

First published in Japan in 1996 by SHUEISHA Inc., Tôkyô
Based upon the novel "HOSHIN ENGI" by Tsutomu Ano
French translation rights in France arranged by SHUEISHA Inc.

- Edition française -
Traduction : Sylvain Chollet
Adaptation graphique : Vincent Léone & BAKAYARO!
Lettrage : BAKAYARO!

BP 177, 38008 GRENOBLE Cedex.
ISBN : 2.7234.3752.3
ISSN : 1253.1928
Dépôt légal : juillet 2002
Achevé d'imprimer : octobre 2002

Imprimé par Maury-Eurolivres
45300 Manchecourt - France

HÔSHIN
- L'INVESTITURE DES DIEUX -

CORRESPONDANCE DES PRONONCIATIONS
JAPONAISES ET CHINOISES

JAPONAIS	CHINOIS
NATAKU	NAZHA
RISEI	LI JING
INSHI	YINSHI
TAIITSU-SHINJIN	TAIYI LE VÉRITABLE
YÔZEN	YANG-JIAN
KÔTENKEN	XIAO-TIANQUAN
CHÔHÔ	ZHANG-FENG
KYÔKANSO	JIANG HUANCHU
KISHÔ	JI CHANG
SÛKÔKO	CHONG HOUHU
GAKUSÛ.U	E CHONG-YU
HAKUYÛKÔ	BAYIKAO

HÔSHIN
- L'INVESTITURE DES DIEUX -

DE TERRIFIANTS ENNEMIS

Zhang Guifang et Feng-Lin

CE CINQUIEME VOLUME DE HOSHIN - L'INVESTITURE DES DIEUX- EST RICHE EN COMBATS, ET C'EST A FORTE PARTIE QU'ONT AFFAIRE TAIGONG ET SES COMPAGNONS. LES PREMIERS A SE DRESSER SUR LEUR ROUTE SONT ZHANG GUIFANG ET FENG-LIN, LES ENVOYÉS DE WEN ZHONG QUI ONT POUR MISSION D'EMPECHER TAIGONG ET SES AMIS DE REJOINDRE XIQI. RYÛ FUJISAKI A CHOISI DE REPRÉSENTER CES DEUX PERSONNAGES SOUS UNE APPARENCE HUMAINE, MAIS DANS LE ROMAN CHINOIS ORIGINAL, FENG-LIN SE PRÉSENTE SOUS UN ASPECT QUELQUE PEU DIFFÉRENT. EN EFFET, S'IL EST PLUTÔT BEAU GOSSE DANS CE MANGA, LE ROMAN NOUS LE DÉCRIT SOUS LES TRAITS D'UNE CRÉATURE ANTHROPOMORPHE MONSTRUEUSE DONT LES PRINCIPALES CARACTÉRISTIQUES SONT UNE PEAU D'UN BLEU TRES FONCÉ, ET UNE BOUCHE REMPLIE DE CROCS ACÉRÉS. OUTRE SON BAOBEI, FENG-LIN POSSEDE AUSSI LE POUVOIR DE CRACHER UNE FUMÉE NOIRE ET OPAQUE.

GUIFANG, EN REVANCHE, EST BIEN UN HUMAIN, MAIS DANS LE ROMAN IL N'EST PAS ÉQUIPÉ D'UN BAOBEI. POUR PARALYSER SES ADVERSAIRES, IL LUI SUFFIT DE PRONONCER UN SORT BAPTISÉ JIAOMING-LAOMA EN CHINOIS, C'EST A DIRE, LITTÉRALEMENT, "LE CRI QUI FAIT CHUTER DE CHEVAL CELUI DONT LE NOM EST PRONONCÉ".

Les ermites de l'Île-aux-Neuf-Dragons

A PEINE SE SONT-ILS DÉBARRASSÉS DE ZHANG GUIFANG ET FENG-LIN QUE TAIGONG, HUANG FEI-HU ET LES AUTRES SONT ASSAILLIS PAR QUATRE PERSONNAGES, EUX AUSSI ENVOYÉS PAR LE GÉNÉRAL WEN ZHONG : LES ERMITES DE L'ÎLE-AUX-NEUF-DRAGONS. ENCORE UNE FOIS, LES DESSINS DE RYÛ FUJISAKI S'ÉCARTENT DES INDICATIONS DONNÉES PAR LE ROMAN CHINOIS. WANG MO RESTE ASSEZ PROCHE D'UN ETRE HUMAIN, IL A UNE TETE RONDE ET UNE EXPRESSION TERRIFIANTE SUR LE VISAGE. PAR CONTRE, LES TROIS AUTRES SONT CARRÉMENT PLUS IMPRESSIONNANTS !

- YANGSEN : ÉPIDERME NOIR, BARBE ROUGE, SOURCILS BLONDS.
- GAO YOUQIAN : ÉPIDERME BLEU FONCÉ, ET CROCS SAILLANTS.
- LI XINGPO : ÉPIDERME D'UN ROUGE ÉCLATANT ET TRES LONGUE BARBE NOIRE.

UNE AUTRE DIFFÉRENCE IMPORTANTE AVEC LE MANGA EST QUE LES ERMITES CHEVAUCHENT DES MONTURES FANTASTIQUES : C'EST AINSI QU'ILS SONT REPRÉSENTÉS SUR UNE PLANCHE GRAVÉE QUI ILLUSTRE L'ÉDITION CHINOISE DE L'INVESTITURE DES DIEUX DATANT DU XVIIE SIECLE. AU PREMIER PLAN, ON PEUT VOIR LI XINGPO MONTÉ SUR CHENG-NING, SUIVI DE

YANGSEN SUR SHANNI, ET DE WANG MO SUR PIHAN. EN DERNIER VIENT GAO YOUQIAN SUR HUABAN-BAO. EN OBSERVANT CETTE IMAGE, VOUS RECONNAÎTREZ SANS DOUTE CEUX QUI FONT FACE AUX ERMITES SUR LE CÔTÉ DROIT. AU FOND, NAZHA EST RECONNAISSABLE A SES "ROUES DE VENT ET DE FEU". AU CENTRE, C'EST PROBABLEMENT TAIGONG, MEME SI, ÉTRANGEMENT, IL MONTE UN CHEVAL AU LIEU D'ETRE SUR SIBU-XIANG. QUANT AU PERSONNAGE SITUÉ AU PREMIER PLAN, IL S'AGIT DU GRAND MARÉCHAL HUANG QUI VOYAGE SUR LE DOS D'UN ÉNORME BUFFLE AU PELAGE EXTRAORDINAIRE PUISQU'IL COMPORTE CINQ COULEURS FASTES : JAUNE, ROUGE, BLEU, VERT ET BLANC.

LE COMBAT CONTRE LES QUATRE ERMITES, ILLUSTRATION D'UNE ÉDITION CHINOISE DE L'INVESTITURE DES DIEUX, XVIIe SIECLE, ARCHIVES NATIONALES DU JAPON.

Les Éditions Glénat présentent

漫画

漫画 Glénat

NOUVEAUTÉ

LE VOYAGE DE CHIHIRO

Hayao Miyazaki
Tomes 1 à 5

KUROGANE

Kei Tomé
Tomes 1 et 2

AKIRA

Katsuhiro Otomo
Tomes 1 à 14

GHOST IN THE SHELL

Masamune Shirow
Tomes 1 et 2

NOMAD

Morvan / Buchet
Savoïa / Chagnaud
Tomes 1 à 5

APPLESEED

Masamune Shirow
Tomes 1 à 5

H.K.

Trantkat / Trano / Trübe
Morvan / Color Twins
Tomes 1 à 4

ORION

Masamune Shirow
Tomes 1 et 2

ASHMAN

Yukito Kishiro
Tome 1

KAZANDOU

Gess / Chabuel
Banzet / Color Twins
Tomes 1 et 2

RIOT

Satoshi Shiki
Tomes 1 et 2

グレナ

www.glenat.com

"Taigong, tu ne vaux pas mieux que Daji. Comme elle, tu te sers de tes pouvoirs d'immortel pour dominer le monde !!"

PROCHAIN VOLUME :

LE GENERAL DE YIN

Ne manquez
— surtout pas —
la suite !

HÔSHIN tome 6
par Ryû Fujisaki